봉천동 그녀

봉천동 그녀	1
오 주여	27
경상북도 영덕군 남정면 사암리에서	47
아스마	73
호박죽	99
더 라스트 오렌지캡	127
노와 비	155
로로	193

봉천동 그녀

이것은 매서운 아침 바람을 뚫고 회사를 향해 달리는 그대를 위한 찬사.

당신은 달릴 수밖에 없는 운명을 타고난 사람입니다. 봉천동에 집을 얻기로 계약서에 도장을 찍은 순간부터 그런 운명이었습니다. 봉천동이라도 역세권 오피스텔이라면 그 운명을 거스를 수 있었겠지만 당신의 집은 지하철역에서 두 번의 횡단보도를 건너 봉천 중앙시장을 지나 언덕을 한참 올라가야 있으니까요. 언덕을 한참 올라가는 당신의 집이 가지는 장점은 싸다. 운동이 된다. 출근길이 내리막이라 빠르다. 정도가 있겠네요. 서울에서 그 정도면 장점이 많은 집이에요.

자명종 시계는 이미 6시부터 울어대고 있습니다. 그것도 두 대나요. 핸드폰 알람까지 가세해 세 군데에서 시끄러운 소리를 내고 있지만 당신은 애써 무시하는 데에 온갖 노력을 기울이고 있죠. 그러다가 지칠 때 즈음이면 번쩍 눈이 떠집니다. 그때 시계 분침이 숫자 몇을 가리키고 있느냐에 따라 당신의 속도는 달라집니다. 오늘은 10을 가리키고 있습니다. 늦으셨네요. 6을 가리키고 있었다면 조금은 느긋할 수 있었을 텐데요. 뻑뻑한 눈에 안약을 넣고 세수를 하고 머리를 감고 머리를 말리고 화장을 하고 옷을 갈아입고 고양이 사료를 한 컵 챙기는데 30분이면 딱 맞을 일이었지만 촉박한 시간은 꼼꼼한 일 처리를 허락하지 않네요. 그래도. 그럼에도 당신은 포기하지 않고 그걸 다 해냅니다. 군데군데 엉성한 부분이 눈에 띄지만 누가 뭐라고 하겠어요. 세상은 생각보다 당신에게 관심이 없다는 걸 당신도 아는 나이잖아요. 젖은 머리가 아직 축축하지만 당신은 출근 할 채비를 마칩니다.

당신은 내게 인사도 빼먹고 출근을 합니다. 어쩌겠어요. 너그러운 내가 참아야죠. 당신의 마음은 그렇지 않다는 걸 나도 아는 걸요.

추운 걸 극도로 싫어하는 당신이 칼바람에도 아랑곳 않고 하이힐을 신은 발을 빠른 리듬으로 옮겨요. 봉천동 원룸촌 내리막을 내달리는 당신의 모습은 곡예라고 불러도 좋을 것 같아요. 종아리엔 힘이 들어갈 수밖에 없겠죠. 걸음이 빨라질수록 숨이 가빠오고 가쁜 숨을 증명하듯 입에서는 연신 하얀 김이 피어올라요. 당신은 속으로 아이고아이고 그러네요.

　봉천동 원룸촌을 벗어나 큰 길로 나오면 기다란 횡단보도가 나옵니다. 당신은 큰길로 나오자마자 신호등을 주시해요. 초록불로 바뀌면 당신은 전력으로 질주를 시작합니다. 전력으로 질주해야만 두 개의 횡단보도를 기다림 없이 건널 수 있어요. 바로 이곳이 당신이 하루에서 가장 먼저 만나게 되는 고비죠. 두 개의 횡단보도. 퇴근할 때 천천히 걸으면 10분이 넘는 거리지만 출근은 그런 여유가 허락지 않죠. 늦잠을 자버린 아침에는 더 그렇고요.

　당신은 달립니다. 바람과 함께 바람인 듯 바람처럼 달립니다. 칼바람 사이 킬힐을 신고 질주하는 당신은 젖은 머리카락 위에 서리가 내려앉는 것도 모른 체 빙판 위의 여제처럼 거침없이 도로를 횡단합니다. 하늘에서 내려다보면 그것 참 장관인데요. 조그마한 체구의 한 여성이 도로를 역주행하며 횡단하는 모습이요. 작은 점 하나만이 눈에 띄게 빠른 속도로 멈추지 않고 움직이거든요. 당신의 사연을 모른다면 경찰에게 쫓기는 현행범이라고 해도 사람들은 믿을지 몰라요.

　만약 그 순간 정신없이 달리는 당신에게 신이 갖고 싶은 게 뭐냐고 묻는다면 당신은 이렇게 대답하겠죠.

　10분!

　10분만 있다면 달리지 않아도 지각을 면할 수 있으니까요. 김

밥도 한줄 살 수 있겠죠. 운이 좋다면 커피도 한 잔 주문할 시간이 될지 모르죠. 10분이면 훨씬 더 풍요롭고 우아해 질 수 있겠지만 어쩌겠어요. 신은 당신에게만 10분을 더 주실 수 없으니 그냥 달릴 수밖에요. 아이고아이고 하면서요.

 쉼 없이 달려온 당신은 7시 22분에 서울대입구역을 출발하는 전철에 몸을 싣는데 성공합니다. 지각을 면할 수 있는 마지막 전철입니다. 이것만으로도 당신의 하루는 절반의 성공을 거둔 셈이죠. 그제야 당신은 긴장으로 얼어붙어있던 마음을 쓸어내립니다. 얼어붙어있던 머리카락도 덤으로 쓸어내립니다. 얼었다 녹았다 반복하는 탓에 나빠진 머릿결에 대해서 신경을 씁니다. 만원지하철에서는 젖은 머리 자체가 민폐인지라 당신은 단발로 머리를 잘라볼까 고민에 빠집니다. 이제껏 살아오면서 네 번이나 짧은 머리에 실망했으면서도 머리가 길면 언제 그랬냐는 듯 자를 생각부터 합니다. 그뿐인가요. 인절미 떡처럼 뭉친 화장도 신경 쓰입니다. 삼성역에서 사람이 좀 빠지면 마스카라로 눈썹을 가다듬어야지 하고 생각합니다. 허기를 느끼고 점심은 뭘 먹지? 하고 생각합니다. 어제 먹었던 김치찌개가 너무 짜서 오후 근무 내내 갈증에 시달렸던 걸 떠올립니다. 그래도 맛은 있었다고 생각합니다. 이제 열 두 정거장이 남았죠? 마음껏 아무 생각에나 빠져 계세요. 지각은 면했어요. 축하해요. 사실 그것 하나 말고는 전부 서툰 출근길이었지만 그래도 괜찮아요. 축하해요. 출근 했잖아요. 그게 완벽이지 뭐겠어요.

 이제 당신은 무사히 회사로 들어갈 것이니 나도 이제 겨우 기지개를 폅니다. 할 수만 있다면 당신을 더 지켜보고 싶지만 피곤해서요. 나도 고양이 본연의 업무에 충실해야죠. 냥냥.

●

불현듯 내 눈이 떠지는 건 필시 당신에게 무슨 일이 생겼기 때문이겠죠. 나는 앉은 자리에서 기지개를 펴고 나서 창가 위로 뛰어올라 밖을 내다봅니다. 이렇게 허공을 응시하면 당신이 보여요.

만원 지하철 안에서 당신은 지하철 봉을 지지대 삼아 겨우 버티고 서있네요. 식은땀이 등을 적시고 눈앞의 풍경은 새파래져 있어요. 누군가가 당신의 이상을 알아차리고 자리를 내어준다면 다행이지만 겉보기에 당신은 여느 출근이 힘든 직장인과 다르지 않아요. 그걸 알기에 당신도 도움을 기대하지 못하죠. 웅성웅성 커다란 짐승이 칭얼대는 소리처럼 알아들을 수 없는 소음이 귓가에 들려옵니다. 당신은 간신히 전광판에 나타난 내릴 역을 알아보고 지하철에서 내립니다. 도저히 걸을 수 없어 승강장의 의자에 앉아 고개를 숙이고 두 눈을 감습니다. 출구를 향해 나가는 거대한 무리에서 이탈한 당신은 잠시 벤치에 앉아 숨을 고릅니다. 호흡을 천천히 하고 손바닥으로 감은 두 눈 위를 마사지 합니다. 실눈을 뜨고 시야를 확인합니다. 적어도 앞은 보여야 일하러 갈 테니까요. 한 번, 두 번, 세 번, 눈을 감았다 뜨고 세상을 확인할 때마다 조금씩 천천히 세상이 돌아옵니다. 시계를 확인하고 당신은 일어서네요. 컨디션이 완전치 않지만 주저할 여유가 없습니다. 정시출근을 위해 한 톨 남은 시간까지 다 써버렸으니 어쩔 수 없죠. 쉬었던 시간만큼 속도를 냅니다. 헌혈의 집이 보여요. 결승점을 통과합니다. 출근 포스기에 직원 카드를 대고 기록을 봅니다. 7시 59분 시간은 거짓말을 하지 않으니까 당신의 기록은 정상으로 인정됩니다. 잰걸음으로 들어와 출근시간 직전에 와서야 포스기에 카드를 갖다 대는 당신의 모습이 불만인 센터장의 심기와는 상관없이 말이죠. 원래의 정시출근이 9시라는 걸 감안하면 그렇게 못할 짓을 한 게 아니란 걸 센터장도 감안했으면 좋겠는데요. 사람 마음이란 게 당신 마음과 같지 않으니 이 또한 어쩔 수 없죠. 내가 봐도 이상하긴 이상해요. 9시 정시 출근 전에 여유 있는 업무 준비를 위해 한 시간을 앞당겨 출근시간을 맞췄는데 출근시간 전에 여유 있는 업무 준비를 위해 여유롭게 출근을 해야 한다니요. 여유란 없어도 그만인 건데 여유를 위해 여유를 만들어야 하는 아이러니. 당신의 삶에는 여유가 없는데 왜 업무는 여유롭게 준비해야 해요? 누가 내게 그런 삶을 권한다면 발톱을 날카롭게 세워 얼굴을 할퀴어 줄 테지만 고양이인 내게 그럴 일은 없으니 내 발톱은 숨겨두고 있겠어요. 당신이 선택한 일이니 내가 열 낼 일은 아니지만 당신이 고생하면 나는 마음이 아프거든요.

사실 나는 지금 자고 있어야 해요. 그게 고양이의 일이고 일과입니다. 하지만 오늘처럼 마음이 불안한 날이면 사랑과 근심 걱정을 담아 당신을 지켜보아야 합니다. 위태로운 순간순간 나는 이렇게 외쳐야 하죠. '버텨라 인간. 잘 하고 있다.' 이러한 나의 행위가 도움이 되는지 어떤 효과가 있는지 거기에 대해서까지 당신은 알지 못합니다. 하지만 나의 신묘한 능력이 어마어마한 효과가 있다는 걸 당신이 언젠가는 알아줬으면 좋겠어요. 당신은 내가 매일 잠만 자고 먹기만 하는 줄 알지만 내 이런 격려 덕에 당신은 지옥 같은 하루를 견뎌내고 있다고요. 믿거나 말거나지만 사실이 그래요.

근무복으로 갈아입고 나온 당신은 어지럼증이 도지는 것이 아침을 거른 탓이라고 여깁니다. 비품창고에서 간식과 주스를 꺼내오는 길에 급하게 초코파이를 까서 입안에 넣었죠. 초콜릿의 단맛이 혀를 통해 온몸으로 전달됩니다. 그제야 조금이나마 머리가 회복되기 시작합니다. 침샘에서 콸콸 침이 솟아나기 시작하고 잠시나마 혀 전체로 단맛을 느끼다 씹어 삼킵니다. 할 일이 많으니까요. 포비든스틱, 알콜스왑스틱, 초코파이, 과자, 음료 등 부족한 물품을 채워 넣고 청소, 물걸레질, 정리를 합니다. 앞으로도 할 일이 많아요. 혈소판키트, PCS Kit, Trima Kit, Mcs+ Kit 나는 뭔지도 모를 어려운 이름을 가진 것들을 꺼내와서 준비해두고 있어야 합니다. 근데 오늘 당신 좀 이상해요. 머릿속이 백지처럼 새하얗고 아무 생각도 하지 못하네요. 다시 등 뒤로 식은땀이 나기 시작하고 눈앞의 시야가 파랗게 변해요. 걸레를 빨아 물걸레질을 하던 당신은 다시금 도지는 어지럼증에 몸으로 느끼는 고통 이상의 두려움을 가집니다. '이러다 정말 큰일 나는 거 아닌가.' 숨이 가빠옵니다. 정상적으로 움직일 수 없습니다. 버티기 힘들었던 당신은 걸레를 빨아야 한다는 핑계로 화장실로 갑니다.

당신은 화장실 안으로 들어가 고개를 숙입니다.

Catnap.

바로 이런 순간이죠. 당신의 눈앞이 파래져오는 위기의 순간. 당신에게 내가 필요한 순간. 당신은 짧게나마 휴식이 필요해요. 당신에게 내 위대함을 알려 드리죠. 제게 단 10분만 주세요.

내가 들어섰을 때 당신은 이미 심각할 만큼 많은 수의 못된 것들에 둘러싸여 있었어요. 항상 당신 주위를 맴돌던 녀석들인데 오늘은 작정을 한 듯 집요하게 당신을 괴롭히고 있네요. 당신이 약해지면 더 집요하게 괴롭히는 녀석들이죠.

"키야앙."

사자후를 날립니다. 일단 기선제압으로 최고의 효과를 내죠. 나는 날카롭게 소리치며 발톱의 날을 세웁니다. 이 모습만으로도 몇몇 보잘 것 없는 녀석들은 달아나요. 그 와중에 남은 녀석들은 넘어져 울고 있는 당신의 아픈 곳을 찌르며 비열하게 웃고 있어요. 나는 화가 났죠. 쏜살처럼 달려들어 제일 덩치 큰 녀석의 심장에 날 세운 발톱을 찌릅니다.

"본인이 자꾸 떨어지는 이유가 있을 거예요."

녀석은 이상한 말로 비명을 지르며 사라집니다. 나는 망설이지 않고 다음 녀석의 목덜미에 송곳니를 박아 넣습니다.

"이건 내가 할 테니까 선생님은 헌혈팩 정리해서 가져오시라니까요."

 녀석들이 내지르는 괴상한 비명에 개의치 않고 무차별로 물어뜯고 찌르고 베어냅니다.

 "먼저 입사했다고 그러시는 거예요? 이건 정규직 업무잖아요."

 "그 정도 해서 안 되면 다른 일 알아봐도 되잖아."

 맥락 없는 소리를 하는 녀석들이 모두 사라지고 결국 당신과 나만 남았어요. 그러니까 미리미리 대처하면 저따위 녀석들에게 휘둘릴 일도 없잖아요. 밥 잘 챙겨먹고 잠 잘 자고 좋은 생각하면서 스트레스를 풀어주기만 해도 저따위 녀석들이 당신을 아프게 하는 일은 없었을 거예요. 왜 무리해요? 건강부터 챙겨요. 라고 말 해주고 싶지만 꾹 참았어요. 당신도 이미 알고 있을 테니까요. 나는 그냥 손을 내밀어요. 당신을 일으켜 세우고 부드러운 꼬리로 당신의 허리를 감싸 안아요. 이제 좀 괜찮을 거예요. 일어나요.

 고개를 든 당신은 10초 정도 깜빡 눈을 감았다고 생각했지만 사실은 10분의 시간이 흐른걸 알아차려요. 'I C' 외마디 알파벳을 내뱉으며 화장실 밖으로 나가네요. 10분의 시간을 아깝게만 여기는 당신이 나는 안타깝기만 해요. 나는 확신해요. 그 10분은 결코 허투루 보낸 시간이 아녜요. 그 증거로 지금 당신의 두통이 가셨잖아요. 그렇죠? 고맙다는 말은 괜찮아요. 어차피 하지 못하겠지만. 냥냥.

●

걱정 돼서 하는 말이 당신에겐 다 잔소리죠?

 간밤에 나눈 당신과 대화에서 내가 말했잖아요. 이제 헌혈은 그만두는 게 좋을 것 같다고요. 그 어지럼증은 다른 원인이 아녜요. 일부러 철분약 챙기고 별로 좋아하지도 않는 선짓국까지 사먹어 가며 겨우 철분수치 맞춰 헌혈 해 봐야 몸만 축난다고요. 규칙적인 생활을 하며 밥이라도 잘 챙겨 먹으면 그나마 괜찮겠지만 그런 사람도 아니잖아요. 자꾸 그렇게 무리 하다가는 큰일 나요. 내가 이렇게 말하면 당신은 또 이러겠죠.

 - 스물네 번이나 했다고. 여섯 번만 하면 은장이고 그래야 가산점을 받는단 말이야. 누군 뭐 하고 싶어서 하겠어?

 - 너 노인센터에 봉사활동 갈 때도 같은 소리 했잖아. 300시간 채우기 전까지 몸이야 축나든 말든 꾸역꾸역 했던 것처럼 이번에도 그러겠지. 그때도 못 말리긴 했지만 이번에는 좀 달라. 직접적으로 몸에 무리가 오잖아. 수치도 부족한데 헌혈하다가는 정말 큰일 날지 모른다고.

 - 야. 네가 전문가야? 휴식 잘 취하고 물 많이 먹고 밥 잘 챙겨 먹으면 걱정 없어요.

- 그래서 잘 챙겨 드셨어요?

- 아 몰라. 챙겨 먹을 거야.

- 참나 말을 말자 말을.

　화가 나서 등 돌려 앉아 있으면 또 은근슬쩍 다가와 내 등에 기대죠. 그럼 또 한두 번 팅기다가 마음 약해져서 더 말 못해요. 내 따뜻한 등에 기대는 걸 당신이 좋아하니까. 나는 당신이 좋아하는 건 해주고 싶으니까. 나는 그냥 아무 말 없이 등을 내줘요. 매일 밤의 대화가 비슷한 패턴으로 흘러요. 그렇게 내 등에 기댄 당신의 머릿속에는 밖에서 긁어모아온 온갖 잡소리들로 가득 차 있어요. 그러니 내가 거기에 무슨 말을 더 보태겠어요? 그렇지만요. 그럼에도요. 당신은 내 잔소리를 좀 새겨들어야 해요. 머릿속에 모아 온 그 쓸데없는 잔소리들은 조금 덜어내도 된다고요. 계속 아프면 내 밥은 누가 줘요.

　매일 밤 만나는 우리 둘만의 공간. 우리는 이런저런 무수한 이야기들을 나누다 당신이 잠든 후에야 나는 분주해집니다. 나는 당신의 자리 주위에 서서 당신의 숙면을 방해하는 것들을 내쫓아요. 못된 녀석들이죠. 조금만 한눈을 팔아도 녀석들은 당신의 귀에 달라붙어 맥락 없는 말을 내뱉어요. 들어도 무슨 소리인지 나는 잘 모르지만 중요한 건 그 말을 들은 당신은 도망치고 싶은 사람처럼 몸서리친단 말이죠. 나는 녀석들의 목덜미를 움켜쥐고 끌고 나와 엉덩이를 차버려요. 으르렁 소리쳐 위협하고 발톱을 휘둘러요. 당신이 잠이 든 밤사이 그런 일이 일어난답니다. 나는 괜찮아요. 고양이가 괜히 야행성이 아니니까요. 다만 요즘 들어 수가 너무 많이 늘어 조금 힘들어요. 당신 괜찮아요?

당신과 나는 그래서 그렇게 된 사이. 그래서 그렇게 됐다는 말에서 느껴지는 무수한 생략이 어색하지 않은 사이. 서로 힘들이지 않고 억지 부리지 않고도 이뤄진 사이. 내가 처음 당신을 만난 날. 당신이 먹으려던 편의점에서 산 소시지를 내게 내밀던 날. 내가 당신을 친구로 선택한 날. 당신이 날 친구로 받아들인 날. 그게 만약 운명이라면 내 힘든 야간근무도 그냥 힘들게 타고난 팔자구나 싶어요.

투정은 아니에요. 힘들어도 당신 옆이라 좋아요. 다만 당신이 힘들어 하는 걸 보는 게 힘들 뿐이죠. 당신이 잠든 그 조금의 시간이 당신의 시간에 비해 힘들어 봤자 얼마나 힘들겠어요. 그래서 잠든 당신 곁을 지키는 일이 내게는 기꺼워요. 어차피 나는 그 나머지 시간을 잠으로 보내니까.

내가 잠든 시간만큼 당신은 깨어서 열심히 하루를 보내죠. 그렇게 모인 하루가 만들어낸 당신의 업적은 나 같은 존재가 보기엔 상상하기도 벅차요.

대학 졸업장. 대학 석차는 상위권. 간호사 면허증. 토익 점수 815. 헌혈 24회. 봉사활동 307시간. 매달 2만원을 내는 적십자 회원. 2년 3개월의 대학병원 중환자실 근무 경력. 그 외에 1종

보통 운전 면허증. 발마사지 자격증. 인명구조 자격증. 그 외 유수한 업적을 쌓은 당신은 그래서 지금 헌혈의 집 계약직 직원. 2년의 육아휴직을 신청한 직원을 대신 해 고용된 사람이죠. 아마 다섯 명의 지원자를 제치고 얻은 자리였죠?

많은 고민이 있었다는 걸 옆에서 지켜본 나는 알고 있어요. 급여 수준도 높은 전국에서 유명한 대학병원을 관두고 나왔잖아요. 오버타임이 예삿일인 3교대 신경외과 중환자실 근무가 너무 힘들어 새로 찾은 직장이 헌혈의 집이었죠. 우선은 계약직으로 일하며 회사 돌아가는 사정에 익숙해지면 틈틈이 정규직 공고에 지원 해 볼 심산이었죠. 이미 많은 사람들이 그렇게 하고 있었으니까요. 무엇보다도 유명 대학병원을 관두고 나와서 얻을 직장이라면 그에 얼추 맞는 안정되고 좋은 공기업이었으면 한 거죠. 내 기억에는 그래요. 지방에 있는 당신의 어머니에게 직장을 옮기는 이유를 그리 설명했었죠.

당신의 어머니가 크게 기뻐했잖아요. 딸이 힘든 3교대 일을 벗어나게 됐다는 것이 첫 번째 이유였고 23년째 적십자 부녀회를 이끌며 각종 봉사활동을 하던 사람이었기에 딸이 적십자에 직장을 가졌다는 것이 기뻐해야 할 두 번째 이유였죠. 직장을 옮겼단 소식을 크게 반겨주는 엄마를 보는 것만으로도 당신은 그 선택에 후회의 자리를 만들어 놓지 않았죠. 그렇지만 계약직이란 걸 엄마에게 말하지 않은 건 당신의 실수라고 생각해요. 결과적인 이야기이긴 하지만요.

당신은 2년이라는 시간이 있다고 생각했습니다. 처음 계약을 하고 오던 날 내 생각도 당신과 같았어요. 그날 밤 나는 이렇게 말했어요.

「"충분히 여유 있는 시간이네."」
나는 당신의 생각에 동의함으로써 당신을 안심시키고 이제 곧 변하게 될 당신의 삶에 대해서 함께 상상했죠. 시간이 많이 남으니 이번에는 연애도 좀 해봐. 여행을 가보는 건 어때? 그땐 그랬어요. 당신도 웃으면서 여행지에 간 당신을 상상한다거나 여행지에서 연애를 하는 당신을 상상한다거나. 좋은 상상을 하는 건 때로는 상상하던 상황이 이루어진 것보다 더 행복하기도 하니까요. 당신과 나는 몇 날을 그랬어요. 여유로운 삶에 대한 장밋빛 미래를 상상하는 일이 얼마나 즐거웠는지 몰라요. 나는 당신이 계약직 직원에서부터 시작해 기관장까지 올라가는 상상도 했죠. 기관장 자리는 당신이 거절했지만요. 그것도 아주 멋지게 거절했어요. 당신이 꿈꾸던 꿈을 이루기 위해서 말이죠.

정규직이 됐다면 우리가 상상하던 것의 대부분은 무리 없이 이룰 수 있었겠죠. 일한지 2개월 만에 정규직 공고가 떴고 그다지 꼼꼼하게 작성하지도 않은 서류전형에서 합격 통보를 받아 면접기회를 얻었을 때만 해도 우리의 그런 생각은 확신처럼 여겨졌어요. 신묘한 능력을 가진 나조차도 그렇게 깜빡 속아버렸어요. 나는 당신이 그 직장에서 일하는 데에 조금의 부족한 면이 없다고 생각했으니까요. 당신도. 나도. 어쩌면 당신과 나만.

면접에서 떨어지면 떨어질수록 당신은 점점 더 그 직장에 필요한 자질을 갖춰나가고 있었습니다. 토익점수가 없던 당신은 영어 학원을 등록해서 근무가 끝나고 매일 수업을 들었어요. 가산점 기준인 700점을 넘기 전까지 매달 토요일이면 토익 시험을 봤고요. 그리고선 봉사활동 300시간을 채우기 위해 쉬는 날이면 노인센터에도 나갔죠. 노인센터 봉사는 노숙인 식사 봉사, 빵 만들기 봉사, 연탄 나르기 봉사, 복지센터의 컴퓨터 엑셀 작업 봉사 등을 거쳐서 찾은 당신에게 가장 맞는 타입의 봉사였어요. 그것과 병행해서 15일마다 혈장헌혈을 했고요. 당신의 이력서에는 봉사활동 시간과 헌혈 횟수가 조금씩 늘어갔어요. 그 말은 당신이 보낸 시간도 그만큼 늘었다는 거겠죠. 그뿐이 아니죠. 빠듯한 생활에도 불구하고 적십자 회비까지 내기 시작했어요. 채용 면접에서 암묵적으로 적십자 회비에 대해서 체크한다는 루머를 들은 탓이었습니다. 나는 정말 그렇게까지 해야 하는지 의심이 들긴 했지만 어쨌든 당신은 점점 더 나아지고 있음이 서류상으로는 나타나니까요.

점점 더 나아지는 당신이라면 점점 더 긍정적인 효과가 나타나야 할 텐데 면접이 끝나고 돌아온 날 당신의 이야기를 들어보면 그건 또 아니었어요.

"본인이 왜 자꾸 면접에서 떨어진다고 생각해요?"

"아직 면접관님들 눈에 부족한 부분이 보여서 그렇다고 생각합니다. 충분히 모자란 부분을 찾고 더 갖춰야 할 것 같습니다."

"본인은 잘 모르는 것 같은데 이유가 더 있을 거예요."

- 진짜 이상한 사람들이야. 이유가 있으면 가르쳐 주면 되는 거 아냐?

- 그치.

"노인데이케어센터에 봉사를 하는 기쁨을 느끼고 있습니다. 세상을 더 아름답게 변화시키기 위해 작게나마 기여하고 싶었습니다. 더 나아가 적십자 구성원이 되기 위한 첫걸음으로 적십자 회비를 떠올렸고 납부한지 이제 10개월이 지났습니다. 미약하지만 그래도 작게나마 기여를 하는 것 같아 뿌듯함을 느꼈습니다."

"한 달에 얼마나 내세요?"

- 얼마 내는지 액수가 중요해?

- 마음이 중요하지.

- 웃긴 건 뭔 줄 알아? 난 만원이고 내 옆 사람은 이만 원이었는데 이만 원인 사람이 합격 한 거야.

- 그럼 너도 이만 원으로 바꿔.

- 근데 삼만 원인 사람이 나타나면 어쩌지?

- 에이 설마 그렇게까지 하는 사람이 있겠어?

설마 그렇게까지 하는 사람이 그 다음 면접장에 나타나는 바람에 회비를 이만 원으로 올린 것이 장점이 되지 못해서 당신은 집으로 돌아와 많이 울어야 했죠. 물론 불합격에는 본인이 잘 모르는 이유가 더 있겠지만요.

당신이 말하길 계약직으로 일한 시간이 흐르고 그 사이 일곱 번의 정규직 공고에서 탈락하면서 가장 힘들었던 건 사람들이 보내는 위로의 말이라고 했습니다. 서류합격자는 회사 홈페이지에 이름이 올라가니 지원 사실을 숨길 수도 없었죠. 당신의 좌절을 보며 자신의 안위를 느끼는 사람이 있다고 내게 이야기했을 때에 나는 당신이 너무 예민하다며 다독였지만 사실은 그런 사람들이 있었을지도 모르죠.

신규로 들어 온 정규직 직원에게 노조 가입을 권하는 센터장과 노조 가입신청서를 쓰는 신입 정규직 직원. 그들과 한 공간에서 일하며 계약직인 당신이 느꼈던 센터 안의 공기에는 주인 없는 미안함, 우쭐함, 안도감, 동정심, 모멸감과 같은 감정들이 가득 차 있었다고요. 나는 괜한 감정일 거라며 당신을 달랬지만, 어쩌면 당신이 느낀 그대로가 사실일지도 몰라요.

"계약직은 괜히 노조 같은데 가입하면 취업 시에 불이익이 올지 모르니까 다음에 정규직 되면 꼭 가입 해줘."

가장 도움이 필요한 사람인 당신을 노조가 외면한다는 게 이해되지 않았지만요. 면접장에서 면접을 보는 간부들 대부분이 노조출신이거나 노조원이라는 점에도 불구하고 노조원이라는 사실이 왜 불이익이 된다는 것인지 이해되지 않았지만요. 사람들이 그렇게 이야기 하니 그런 줄 알고 받아들일 수밖에요. 당신은 그저 내게 하소연 할 뿐이었죠. 내가 한 일이라고는 등을 내어주고 가만히 들어주고 이해되지 않는 일을 이해되지 않는다 말한 것 밖에 없었지만 당신은 내게 고맙다 말했어요.

당신은 참 좋은 사람이에요. 당신은 그 사실을 나보다 더 모르지만요.

오늘은 당신 생각을 하느라 한잠도 못 잤어요. 오늘밤 당신이 잠든 사이에 당신 곁을 지키려면 지금 좀 자 둬야겠어요. 부디 당신이 무사히 퇴근하길. 집에서 기다릴게요. 냥냥.

●

어두운 방안에 삑삑 전자음이 들리는 건 당신이 원룸 안으로 들어온다는 신호죠. 냄새로 보아하니 당신은 서울대입구역 근처 김밥천국에서 김밥과 우동을 먹고 왔군요. 불도 켜지 않고 신발을 벗고 들어와 사료 포대에서 한 컵 가득 떠 밥그릇을 채워 놔요. 냉장고를 열어 생수통을 꺼내 입을 떼고 한 모금 마신 다음 바닥의 물그릇을 채워요. 그리고는 아침에 출근할 때 모양 그대로의 이불 위로 올라와요. 털썩. 가방은 머리맡에 던져 두고 자리에 앉아 긴 한숨. 하루 종일 갑갑했던 브래지어 끈을 풀고 양말을 벗어 빨래바구니를 향해 던져요. 바구니 안으로 잘 들어갔는지는 확인도 하지 않아요. 짧은 한숨. 훌쩍임. 한숨. 훌쩍임. 훌쩍임. 그리고 소리가 이내 잦아들어요. 풀썩 쓰러진 모양새를 보아하니 오늘도 당신은 화장을 지우고 잘 것 같지 않네요.

 - 씻고 자.

 - 몰라.

 - 그게 뭐냐? 씻고 자라는데 '몰라'라고 하면 올바른 대화인 거야? 양치라도 하고 자.

 - 아 몰라.

 - 늦게 온 주제에 뭘 잘했다고 큰 소리야? 나는 오늘 하루 쉽게 보낸 줄 알아?

 - 아 몰라. 저리 가.

'저리 가.'같은 경우엔 문맥의 상황파악을 잘 해야 하죠. 나는 팔짱을 끼고 당신을 지켜봅니다. 축 처진 어깨에 울상이 되어서 언제 눈물을 흘려도 이상하지 않은 얼굴이네요. 이런 경우의 '저리 가.'는 '이리 와.'와 같은 뜻으로 쓰이기도 하죠. 나는 당신에게 다가가 얌전히 앉았습니다. 안 씻어도 뭐 괜찮아요. 하루 이틀도 아닌데요.

- 오늘 계약이 끝났어.

- 아직 한참 남았잖아. 1년 조금 넘었는데?

- 육아휴직 갔던 사람이 조기 복귀 한대.

- 완전히 끝이야? 내일부터 안 나가는 거야?

- 이번 주 근무표 나온 것 까지만.

- 괜찮아?

- 엄마가 정말 좋아했거든. 어디 가서 딸이 뭐한다고 말하기도 좋고 일도 편하다고. 일이 마냥 편한 건 아니지만 무슨 상관이야. 엄마가 그렇게 알고 있으면 된 거지. 여기서 일하는 걸 엄마가 정말 좋아했어.

나는 더 묻지 않고 말없이 등을 내 줘요. 괜찮을 거란 내 말도 당신의 귀까지 파고 들어갈 힘을 못 낼 것 같아서요. 이 순간에 말 따위가 무슨 소용이겠어요. 오늘은 내 등에 기댄 당신의 머리가 아주 많이 무겁네요.

말 없는 시간이 흐릅니다. 당신의 머리에 가득 찬 고민 때문에 내 등이 지독하게 배겨왔지만 당신이 잠들기 전까지 도를 닦는 심정으로 견뎠어요.

- 자니?

 헤어진 남자친구가 새벽에 문자를 보내는 심정으로 말을 건넸습니다. 당신이 아무런 대답이 없는 걸 확인하고 나는 말을 이었습니다.

 - 근데 있잖아. 사실 넌 거기에 안 어울려. 너는 몰라. 단순히 네가 부족하다고만 생각하겠지만 그건 절대 아니거든. 네 외모를 봐. 또랑또랑한 눈에 진취적인 태도로 나는 뭐든지 잘할 수 있습니다. 이렇게 보인다니까. 패기 넘치고 능동적이고 체격도 다부지고 해야 할 일이면 시키지 않아도 알아서 척척 잘 할 것 같고 그래. 그럼 누구나 좋아할 것 같지만 바로 그게 문제가 되는 거지. 애초에 거긴 그런 사람들이 일하는 곳이 아니니까. 거기는 그냥 존재 자체로 할 일을 다 하는 회사잖아. 시키는 거나 잘하고 모나지 않고 고분고분한 사람이 그 쪽에서 원하는 인재상이겠지. 네가 가고 싶다고 해서 아무 말 않고 있었지만 어쩌면 너랑은 어울리지도 않는 곳이라고. 그냥 단지 그렇다는 거야. 어울리지 않아.

 나는 분명히 기억해. 하고 싶은 일이 생겼다고 눈을 반짝이며 말했던 날 말이야. 내 사업을 갖고 싶다고 했잖아. 앞으로 요양원 수요는 늘어날 거고 좋은 공간이 더 많이 필요할 거라고 했어. 실습하면서 봤던 무기력한 요양원이 아니라 좀 더 밝고 생기 있는 공간을 만들어 보고 싶다고. 죽을 날을 기다리는 요양원이 아니라 살아가는 요양원이어야 한다고. 그래서 훗날 엄마

아빠가 요양이 필요한 때가 되면 네가 직접 돌볼 거라고. 실현 가능성을 떠나서 그때 반짝이던 눈이 정말 멋있었거든. 그 눈을 본 사람이라면 누구라도 응원하지 않을 수 없을 거야.

 구체적인 계획이 아마 이랬지? 일 결혼 출산 육아는 살면서 모두 해보고 싶은 일이니까. 일단 복지가 안정되고 업무가 비교적 쉬운 직장에서 자금을 모으고 결혼과 출산 육아를 해결하고 난 뒤에 요양원으로 이직. 실무 경험을 쌓고 40세 이후에는 이름 석자를 박은 요양원을 개업하겠다. 내가 완벽하다며 박수를 쳐줬던 그 계획이잖아. 대부분의 계획은 실전에 들어가기 전에는 다 그럴싸하니까. 너나 나나 첫 단추부터 이렇게나 힘들 줄 몰랐지.

 쉬운 일은 아니겠지만 정규직은 언젠가 합격하겠지. 좋은 남자 만나기 역시 쉬운 일은 아니지만 만나게 될지도 몰라. 아이 낳고 키우는 일도 쉬운 일은 아니지만 그렇게 될지도 몰라. 그렇게 시간이 흘러 안주하게 되고 높아진 호봉에 망설이게 되는 순간이 오면 빛나는 눈으로 말했던 미래의 계획은 어느 날 밤 심심하던 차에 만들어 낸 짧은 망상처럼 잊혀 질지도 몰라.

 그러지 말아. 애초에 넌 다른 사람이야. 같은 유리지만 안경과 망원경이 다른 것처럼. 망원경이 안경이 되지 못했다고 좌절할 필요 없잖아. 망원경이 훨씬 더 멀리 보니까 말이야. 그러니까 너보고 안경이 되지 못한다고 뭐라는 사람이 있다면 무시해버려. 넌 열심히 살았어. 내가 보증해. 절대 네가 살아온 삶을 남들이 비웃게 내버려 두지 마.

당신이 쓰러지듯 잠이 들면 내가 나서야 하는 순간이 오게 되죠. 오늘 밤에 나타난 녀석들은 난생 처음 보는 숫자에 엄청난 크기에요. 나는 송곳니를 쓰다듬고 발톱을 길게 뽑았습니다. 장담할 수 없는 밤이 시작됐어요. 나는 거칠게 달려드는 녀석들에게 거칠게 맞섭니다. 끝없이 몰려오는 녀석들을 찌르고 배고 짓이겨 보지만 숫자가 너무 많아요. 밤이 너무 길어요. 발톱이 몽땅 빠질 때까지 휘둘러보겠지만 그 다음은 장담할 수 없네요. 하지만 최선을 다할 거예요. 내가 진다면 당신은 악몽에 시달리거나 두통 가득한 불면의 밤을 보내야 할 테니까요.

당신이 내 말을 들었는지 못 들었는지 모르겠지만 사실 상관없어요. 내 말과는 상관없이 당신은 잘할 거니까요. 오늘 내가 패배해도 당신은 저 멍청한 말들에 지지 않을 거니까요. 조금 힘들긴 하겠지만요. 당신이 잘 해낼 거라는 걸 난 알아요. 내게는 신묘한 능력이 있거든요. 냥.

●

윤정이 사는 봉천동 원룸촌에는 아침 여섯시가 되면 자명종이 울린다. 윤정은 자명종 소리를 듣자마자 깨어나 알람을 껐다. 5분 후에 또 울리게 될 두 번째 자명종시계도 미리 껐다. 평소라면 피곤에 지쳐 잠 속에서 소리와 싸웠지만 오늘은 희한하게 눈이 떠졌다. 뻑뻑한 눈에 안약을 넣었다. 전날 화장을 지우지 않고 잠든 탓에 얼굴이 답답했다. 주인이 깨어나면 으레 어슬렁거리며 주변을 맴돌던 고양이가 구석진 곳에서 곤히 잠들어 있었다. 세상에서 가장 편해 보이는 얼굴을 하고 있는 고양이를 보고선 방해하지 않고 조용히 자리에서 일어섰다. 세수를 하고 머리를 감고 좀 전에 지웠던 화장을 다시 시작했다. 일찍 자리에서 일어난 덕분에 아침이 한결 여유로웠다. 머리를 말리고 가방을 챙기고 집을 나서기 전에 사료 한 컵을 가득 떠서 밥그릇을 채웠다. 그제야 고양이가 깨어나 그녀의 발밑에 드러누웠다. 윤정은 옷에 털이 묻을까 싶어 안아주지는 못하고 배를 쓰다듬어 줬다. 날이 추우니 집을 나서기 전부터 옷을 바짝 여몄다. 킬힐을 신으려다 편한 플랫슈즈에 발을 넣었다.

 다녀올게.

 여유 있는 출근이었다. 윤정은 가는 길에 김밥이나 살까 하다가 어제 밤에 김밥을 먹은 것이 생각나서 샌드위치를 사야겠다고 생각했다. 시간이 여유로워 커피도 함께 마실 수 있을 것 같았다. 윤정은 하루의 시작이 나쁘지 않다고 생각했다. 어제보다 10분 이른 출근이었다.

오 주여

오. 주님. 엄마가 기도하라고 해서 기도합니다. 중요한 일을 앞두고 기도를 하면 일이 잘될 거라고 하셨거든요. 평소 엄마의 말을 잘 듣는 편은 아니지만 상황이 이 지경에 이르니 지푸라기라도 잡는 심정이 되어버렸습니다. 그래서 나는 지금 주님 당신에게 기도합니다.

 오늘은 크리스마스이브입니다. 어떤 이는 연인과 혹은 가족과 함께 따뜻한 곳에서 사랑을 나누고 있겠지만 나는 내게 주어진 마지막 임무를 완수하지 못하고 아파트 상가의 화장실에 갇혀 있습니다. 어떻게 이럴 수가 있나요? 이 상황의 절묘함을 생각해 보자면 마치 내 운명은 이렇게 되려고 이렇게 되었다고 해도 과언이 아니라는 생각이 드네요. 그러니까 내 인생의 전체는 마치 이곳에 갇히려고 설계되었다는 생각이 든다는 거예요. 맞나요? 맞아요? 주님 말 좀 해 보세요.

 살아서 나갈 수 있을 거예요. 죽지는 않을 거예요. 지금 상황은 뭔가 단단히 잘못되긴 했지만 죽을 정도는 아니라고 생각합니다. 왜 내게 이따위 일들이 생기는지 황망한 마음을 품기도 하지만 아직은 죽을 정도의 위협까진 느끼지 않고 있어요. 상상력을 쥐어짜내어 보면 이곳에서 생을 마감하게 될 가능성이 전혀 없는 건 아니지만 그건 아주 낮은 확률이겠죠. 애초에 일어나지도 않은 일에 대한 확률이란 건 아무 의미 없지 않나? 하는 생각은 들어요. 그냥 세상의 모든 사건은 그 일이 일어났느냐 아니냐 하는 게 중요한 거죠. 지금 제가 영업이 모두 끝난 아파트 상가의 화장실에 갇힐 확률도 사실 확률로 치면 희박한 수치일 테니까요. 생각해 보세요. 당신은 내일 화장실에 갔는데 거기에 갇히게 됩니다. 그게 몇 프로의 확률일까요? 근데 주님도 화장실에 가나요? 주님. 이런 질문을 하는 제 불경을 용서해 주세요.

 두드러라. 그러면 열릴 것이다. 불현 듯 떠오른 성경의 한 구절입니다. 몇 장 몇 절 까지 인지는 모르겠습니다. 주워들은 게 있긴 하지만 몇 장 몇 절까지 외울 만큼 열성적인 신자는 아니거든요. 나는 두꺼운 화장실 문을 두드립니다. 소리도 지릅니다. 이미 내가 당신에게 기도를 시작하기 이전부터 했던 짓입니다만 불현 듯 머릿속에 떠오른 그 구절은 새로운 상황의 전환이 될지도 모른다는 생각에 다시금 소리를 지르며 문을 두드립니다.

 문을 두드린 지 몇 분이 지났을까요. 나는 두드림과 호소를 멈춥니다. 밖에서는 아무런 소리도 들려오지 않습니다. 사위는 여전히 혹독하게 춥고 미칠 듯이 고요합니다. 지금의 날씨는 화장실 변기의 물조차 얼어버릴 만큼 혹독한 추위입니다.

 삼십분 전의 나는 생각할 겨를도 없이 급하게 바지를 내리고 얼어버린 변기 위로 큰일을 봤습니다. 물은 어떻게 내리지? 라는 걱정이 실낱처럼 자리 잡고 있었지만 나는 그 시그널을 무시했습니다. 오히려 내 뜨거운 대소변이 꽝꽝 얼어붙은 변기를 녹일 수도 있지 않을까 하는 생각까지 했습니다. 급박한 상황 속에서 화장실을 찾아 얼음장 같은 변기 커버가 내 피부에 닿을 때 짜릿함이 온몸에 전해졌지만 그래도 괜찮았습니다. 길에서 싸지 않고 도착했으니까요. 바지를 내리고 앉았을 당시만 해도 당신께 감사의 감사를 거듭하며 앞으로 내가 하는 모든 것이 잘 될 거라는 확신에 가득 찼습니다. 그 순간의 나는 정말 무궁한 마음으로 당신을 찬양하고 있었습니다. 누구라도 나와 같은 상황이라면 그리하였을 것이라고 장담합니다. 종교가 없는 사람도 그런 감사한 상황에서는 세상을 향해 무한한 긍정의 기운을 뿜어냈을 것입니다.

 주님. 저는 너무 궁금해서 참을 수가 없습니다. 이런 생각 자체가 불경스럽다는 걸 알지만 당신도 싸실까요? 그렇다면 길에서 급격한 변의 신호를 받게 되었을 때가 있으셨을까요? 당신은 인간이 아니니 정확한 비교는 어렵겠지만 혹여나 오늘로

부터 대략 2000년 전 인간으로 이 세상에 내려오셨을 그 짧은 생의 시간 동안에라도 그 비슷한 일이 있으셨을까요?

아무리 생각해 봐도 바지에 실례를 하는 건 정말 불경스럽습니다.

삶과 죽음 생의 철학에 대해서 고뇌하며 답을 내린 위대한 철학자라 할지라도, 급하게 찾아온 변의 앞에서는 인간의 품격 따위는 아무 소용이 없어요. 장담합니다. 급격한 대장의 신호는 세상 모든 걸 넘어서요. 큰 일이 길에서 터져버리면 인간의 존엄은 와르르 무너지게 되어 있거든요. 제가 직접 경험해 보아서 더 잘 알고 있습니다.

길에서 급격한 변의 기운을 느끼기 전까지 저는 손쓰기 힘들만큼의 우울감에 휩싸여 있었습니다. 나는 이 세상에서 내가 가장 불행하다고 느끼는 사람이었습니다. 제게는 그 불행의 이유도 즐비했고 저는 벗어날 수 없는 현실에 어찌할 바를 몰라 괴로워하며 몸을 혹사시키고 있었거든요. 그런데 대부분의 가게가 영업을 끝마치고 사람 하나 볼 수 없는 적막한 밤거리에서 급격한 대변의 기운을 느꼈을 때 나는 나를 감싸고 있던 불행을 모두 잊었었습니다. 그 순간 무의식적으로 당신에게 도움을 청했습니다. 기억하시죠? 제발 안전하게 이 마지막 임무를 마무리할 수 있게 해 달라고. 그리고 혹여나 돌이킬 수 없는 참사가 저에게 일어난다면 정말 죽어버릴 거라고 협박성 기도도 했었습니다. 그게 문제였던 것이었을까요? 많이 언짢으셨나요? 감히 당신께서 주신 하나뿐인 소중한 목숨을 협박의 도구로 사용했던 것이 언짢으셨던 걸까요? 부인하지는 않겠습니다. 그 마음은 어느 정도 사실이었거든요. 정말 그렇지 않아도 인생이 미칠 듯이 괴로운데 그런 참사까지 겪게 된다면 저는 정말 살고 싶지 않거든요. 아니요. 살 수가 없을 것만 같았습니다. 어디 가서 말도 할 수 없잖아요. 나는 길에서 똥을 싸버렸어. 그걸 어디 가서 누구에게 말하겠습니까? 그래서 당신께 그렇게 말했습니다. 정말 죽어버릴 거라고요. 제 앞가림도 못하는 제가 대소변도 못 가리는 어른으로 산다는 건 제 정신력으로는 무리입니다. 그래서 그렇게 말했습니다. 부인하지는 않겠습니다. 그렇지만 그게 그렇게 언짢으셨을까요?

당신은 무사히 이 위기를 벗어나게 해 달라는 급박함에서 나온 제 기도는 들어주셨습니다. 당신에게 구원을 청한 순간 저의 머릿속에 지도가 펼쳐졌고 제 몸은 머릿속의 화살표가 가리키는 상가 화장실로 이동했습니다. 단 한걸음의 낭비도 없이 직진으로요. 이윽고 도착한 화장실의 문은 저를 기다린 것처럼 열려있었습니다. 일전에 사용했었던 화장실이었죠. 문이 열리고 감사의 인사도 그 때 함께 올렸던 것으로 기억합니다. 여기까지 정말 좋았습니다.

좋게 끝날 수도 있었잖아요. 그런데 왜 볼일을 마치고 나가야 할 때에 화장실의 문이 굳게 닫혀 있는 건가요? 도어락의 OPEN 버튼은 왜 망가져 있는 건가요? 고약하게 걸려 꿈쩍도 하지 않는 문은 왜 이렇게 두꺼운 건가요? 주님. 당신은 나에게 왜 그러시는 건가요? 하찮은 목숨을 갖고 했던 협박이 그렇게 언짢으셨던 건가요? 이 사안에서 나는 그것 말고는 이유를 찾지 못하겠습니다. 반성합니다. 용서해 주세요. 전지전능한 주님. 죄송합니다. 나약한 인간이 항복을 고합니다. 반성합니다. 죄송합니다. 잘못했습니다. 나는 당신 앞에 바짝 엎드립니다. 더 이상 당신에게 생의 원망을 돌리지 않겠습니다. 착하게 잘 살겠습니다. 주어진 운명에 순응하며 남은 삶을 최선을 다해 살아내겠습니다. 그러니까요. 제발 주님.

나는 소리를 지르며 문을 두드립니다. 하지만, 밖에서는 아무런 소리도 들려오지 않습니다. 사위는 여전히 혹독하게 춥고 미칠 듯이 고요합니다. 지금의 날씨는 화장실 변기의 물조차 얼어버릴 만큼 혹한의 추위입니다.

●

오 주님. 모든 것을 알고 계신 주님. 전지전능하신 주님 아버지. 부디 이 굶주리고 목마른 불쌍한 영혼을 굽어 살피시어 이 고통에서 해방케 해주소서. 나오는 대로 중얼거리고서 생각을 해봅니다.

나는 뚜껑을 닫은 변기 위에 앉았습니다. 닫힌 뚜껑 아래에는 내가 싸지른 대소변이 서서히 얼어붙고 있습니다. 내 몸의 일부였던 따뜻했던 그것들은 이제 세상의 온도에 맞춰 차갑게 굳어가고 있습니다. 더럽지만 앉아서 쉴 곳이 이곳밖에 없습니다.

나는 몹시 피곤합니다. 아침에 라면 두 개를 끓여먹고 오전 10시에 집을 나서서 지금까지 제대로 먹지도 못하고 하루 종일 걸어서 배달을 했기 때문이죠. 중간에 잠깐 잘못 배송 된 커피를 제 입속으로 폐기하는 과정에서 서러워 눈물을 흘리며 앉아 쉬었던 시간을 빼면 당신께서도 아시다시피 나는 오늘 하루 종일 제대로 먹지도 못하고 거리를 돌아다녔습니다. 마지막으로 휴대폰의 시간을 봤을 때가 11시 48분 이었고 지금은 시간이 얼마나 흘렀는지 정확히 알 수 없습니다.

이 사단이 난 가장 큰 원인은 마지막 1그람의 욕심이었습니다. 배터리가 3% 남은 상황에서 들어 온 콜 요청은 무시하고 다른 사람에게 넘겼어야 했었습니다. 하지만, 워낙에 가까운 거리였기 때문에 무리해서 치킨집으로 가서 음식을 받았고 빨리 처리하고 들어가면 될 거라고 생각했습니다. 혹독한 추위라 라이더는 부족했고 크리스마스라 행복한 가정에서는 배달 주문 요청이 쇄도했습니다. 치킨을 받았을 때 배터리의 잔량은 1%였습니다. 그 때 나는 쉽지 않은 임무가 될 것을 예감했습니다. 혹시나 휴대폰이 꺼질 것을 대비해 음식을 주문한 집의 주소를 외웠습니다. 급하게 찾아 온 변의가 아니었다면 아마도 무난하게 음식을 전달했을 겁니다.

민폐 끼치고 싶지 않았습니다. 적어도 제게 주어진 일에 대해서는 어떻게 해서든 완수하려고 애를 썼었습니다. 제가 이렇게까지 망가진 데에는 그런 제 성격도 일정부분 작용했다고 말하고 싶습니다. 결국 나는 치킨을 기다리고 있는 사람과의 약속을 어기게 되었지만 이런 식의 상황 전개는 불가피한 선택이라

항변하고 싶습니다. 당연히 생리현상부터 먼저 해결을 해야죠. 적어도 이 건에 대해서 나는 내 편을 들어주고 싶습니다.

 나는 어떤 선택을 했었어야 했을까요. 뱃속에서 보내오는 신호의 강도를 생각해 봤을 때 변의를 무시하고 음식을 먼저 전달했더라면 분명 대참사가 일어났을 것입니다. 그건 명백해요. 그러면 제 입장에서 억울하지 않겠습니까? 몇 번을 같은 선택의 순간이 오더라도 나는 이 화장실로 들어왔을 거란 말입니다.

 당신께 묻습니다. 화장실의 문이 열려있는 것부터 의아하긴 했습니다. 이 화장실의 문은 왜 망가져있나요? 언제부터 망가져 있었나요? 왜 아무도 고치지 않았나요? 열려있던 화장실의 문을 닫은 내 탓도 있는 건가요? 오 제발 그렇다는 말씀은 말아주세요. 곡식을 축내며 병균을 퍼트리는 쥐새끼를 잡기 위해 덫을 놓으신 건 아니실 거잖아요? 내 실수가 전혀 없음을 말하고자 하는 건 아닙니다. 다만 그렇다면 이건 누구의 의도인가요? 마귀의 장난인가요? 설마 주님 당신의 의도이신가요?

 태어나서 화장실이라는 공간에 이렇게 오랜 시간 머무른 적이 없는 것 같습니다. 추위와 피곤함에 육신의 감각이 점차 마비되어가고 있어 냄새도 딱히 역하지 않습니다. 이 혹독한 추위는 냄새조차 얼려버립니다. 왜 하필 오늘이었을까요. 64년 만에 서울에 찾아 온 한파가 왜 하필 내가 화장실에 갇힌 날일까요? 주님 오늘 당신은 거리를 떠도는 영혼을 모두 거둬 가시려는 걸까요? 인생의 마지막을 생각하며 살지는 않았지만 최악을 상상하며 살았다고 해도 이런 마지막은 상상치 못했을 것입니다. 오 주님. 당신은 정말 창의적으로 인간에게 고통을 주십니다. 만물의 창조자다우십니다. 아아 감히 제가 당신에게 어떻게 대들겠습니까. 죄송합니다. 잘못했습니다. 이제 그만 살려주세요. 아니 죽여주세요. 뭐든 해 주세요.

●

오 주님. 우리 집에서 가장 깨끗한 공간이 어딘지 아시죠? 회사를 관두고 나서 더 많은 시간이 생겼음에도 나는 집안을 치우는 일에 시간을 쓰지 않았습니다. 치울 수가 없었어요. 집이 곧 내 마음 같았거든요. 어지러운 마음만큼이나 어지러운 집안입니다. 그렇게 어지러운 집안에서 가장 깨끗한 곳이 바로 당신을 모셔놓은 탁자 위입니다. 그 집에 처음 살게 되었을 때 엄마가 오셔서 두고 간 십자가 고상입니다. 내 마음에도 당신의 고상이 자리하면 혹시나 깨끗해질 수 있을까요? 잠시 생각해봅니다. 쉽지 않아요. 빼곡한 쓰레기로 들어찬 내 마음은 당신의 고상을 놔둘 조그마한 틈도 없습니다. 나는 마치 한 공간의 다른 세계를 보는 것처럼 깨끗한 고상의 주변을 떠올려봅니다.

오 주님. 물어봅니다. 스스로 목숨을 끊으면 지옥에 떨어져서 천국에 갈 수 없다면서요? 당신은 그렇게 겁박해서 몇 명의 목숨을 연명하게 만드셨을까요? 일단 나부터가 그 협박에 겁을 먹고 살아있으니까요. 아마 나와 같은 사람이 더 많이 있겠죠? 목숨을 놔 버리고 싶은 사람의 삶이 행복할 리 없을텐데 지옥

같은 삶을 피해서 목숨을 끊었는데 또 지옥이라니요. 그건 너무 가혹하다는 생각을 합니다.

 오늘 아침에도 역시나 나는 보일러도 돌지 않는 집안에 혼자 덩그러니 앉아 이런 생각이나 하고 있었습니다. 전기장판의 온도를 높이고 그 밖에서는 생활하지 않습니다. 좁은 방에서 그보다 더 좁은 공간 안에 나는 나를 구겨 넣습니다. 그러니 행복해질 리가요. 그렇게 한참을 웅크리고 있으면 허기와 추위가 동시에 저를 덮칩니다. 그럴때는 뜨거운 무언가가 필요합니다. 라면의 물을 올립니다. 제가 만들어낼 수 있는 온기란 고작 그런 것 밖에 없으니까요.

 냄비에 코를 파묻고 먹을 때 잠깐은 아무 생각을 하지 않습니다. 다 먹고 나면 머릿속은 또 생각으로 가득 찹니다. 오늘 아침에도 당신에게 질문을 드렸었죠? 왜 살아야 할까요? 오늘이 이래서 내일도 이럴 것 같은데. 나는 왜 살아야 할까요? 아니 애초에 왜 태어났을까요? 태어나지 않으면 고통도 없을 텐데요. 그걸 모르는 인간은 없을 텐데 왜 세상에는 자꾸만 사람이 태어나는 걸까요?

 스스로 목숨을 끊는 건 절대로 안 된다고 한다면 자살은 뭘까요? 담배가 목숨을 앗아갈 만큼 치명적이라고들 하는데 담배를 끊지 못하면 그건 자살행위인가요? 술은요? 과로는요? 생각은요? 이 생각을 끊지 못하는 건 자살행위인가요? 자연스럽게 이런 생각들로 숨통이 조이고 숨 쉴 수 없을 만큼 괴로워서 죽을 것만 같은 건 자연스러운 거니까 자연사 아닌가요? 오 주님 당신은 이런 고민 따위로 인생을 낭비하는 사람을 많이 보셨겠죠? 알려주세요. 그 사람들은 지금 어떻게 됐나요? 아니면 당신도 이런 멍청한 고민을 해 보셨나요? 죽음이라는 주제 따위는 예전에 다 끝내셨겠죠? 죽음도 이겨내셨다는 당신이잖아요. 그럼 가르쳐 주세요. 죽음을 이기고 나서 뭘 했어요? 어떻게 살아야 해요? 어떻게 죽어야 해요? 아. 이런 고민은 나 말고 다른 사람들도 많이 할 텐데. 걔들한테도 아무 말 안 해주시나요?

대답 없이 질문만 받으셨으니 힘드셨을 것으로 압니다. 그렇게 나는 아침부터 당신께 숨도 쉬지 않고 질문을 해대다가 밖으로 나왔습니다.

고백하자면 나는 오늘 자연사를 하러 나왔어요. 폭설을 동반한 혹한의 날씨에는 배달을 하다가 자연스럽게 죽게 되어도 이상하지 않으니까요. 특히나 오늘은 배달 라이더가 귀한 하루였습니다. 오늘 같은 날 배달을 하겠다고 거리를 나선 사람이라면 죽고 싶은 사람이거나 죽지 못해 나선 사람일 테니까요.

저 말고도 이런 날씨에 목숨을 내놓고 배달을 하는 사람을 몇 명 봤습니다. 그들을 보면서 물어보고 싶었습니다. 죽고 싶거나 죽을 것 같거나 혹은 죽을 만큼 살고 싶거나 당신도 혹시 그런 비슷한 마음이지 않느냐고 말이죠.

오늘은 특히 콜이 쉴 새 없이 들어왔습니다. 혼자서는 절대 먹지 못할 양의 묵직한 음식들로 주문이 들어왔어요. 8인분도 있었고 10인분도 있었습니다. 발목까지 쌓인 눈을 밟으며 무거운 음식을 들고 힘겹게 배달을 하면서 생각했습니다. 죽기 딱 좋은 날씨라고요. 마스크를 쓰는 탓에 안경에 김이 서려 앞도 보이지 않았습니다. 죽을힘을 다해 걷고 있는데 제자리걸음 같이 느껴지기도 했습니다. 차가운 고통 속에 온전히 살아있는 몸을 두는 느낌을 아시나요? 아시겠죠. 당신이 만든 인간이고 당신이 만든 세상이니까요.

 한 걸음 한 걸음 옮기면서 겨우 목적지에 도착했을 때 주문한 사람이 음식을 받기 위해 현관문을 열고나옵니다. 그 순간 찰나의 온기가 나의 얼굴에 닿습니다. 그 안에는 많은 사람이 있었습니다. 그들은 서로의 온기를 나누며 따뜻한 음식을 함께 먹겠죠. 사람의 몸은 36.5도니까 대충 37도라 치고 안에는 아홉 명이 있었으니까 333도 정도 되겠어요. 뜨거운 열기에 다 타죽어 버리라고 저주를 하다가 화들짝 놀라서 다시 기도를 했습니다. 그때도 이야기 했었어요. 죄송하다고. 당신은 제 사과를 기억하시죠? 부러워서 그랬어요. 그게 이유가 되지는 않지만 그래도요. 안에 가 있는 그들이 너무 부러워서 그랬습니다. 나도 따뜻한 음식을 따뜻한 사람들과 함께 먹고 싶었거든요.

 거리에서 지나치는 식당의 유리창 너머에도 사람들이 함께 음식을 먹으며 즐거운 모습이 보였습니다. 그들과 나는 유리창 하나를 사이에 두고 있을 뿐인데 극명하게 갈리는 온도가 마치 나와 그 너머 있는 사람들의 차이 같았어요. 거기는 영상 25도 여기는 영하 25도. 실제로는 영하 14도였다지만 체감이라는 게 있잖아요. 체감온도는 영하 25도 이상이었습니다. 내 체감상이라면 영하 40도 정도요? 내 체감이 그랬어요. 내가 그렇다는데 누가 뭐라 그러겠어요.

오 주님 나는 왜 혼자일까요? 나만 왜 혼자일까요? 회사를 나오고 나서 나는 줄곧 이 생각만 했습니다. 내 어디가 모자라서 혼자일까요? 그리고 그걸 생각하다가 문득 내가 내게 말했어요. 다 내가 원한 거라고요. 주님 그건 내가 말한 게 아니에요. 그렇죠? 당신이 내 맘을 통해서 말씀하신 거죠? 세상은 교묘하게 혼자를 강요해요. 혼자가 괜찮다 말해요. 혼자가 편할 거라고 말해요. 그래서 나도 내가 괜찮은 줄 알았어요. 사실은 혼자 견딜 만큼의 내구성도 없으면서 말이죠.

나는 혹한의 날씨에 배달을 하면서 생각했죠. 대체 무엇을 위해 이 인생의 고통을 견뎌내고 있는 건지 말이죠. 몰라요. 모르겠어요. 나 자신을 위해서요? 나 자신의 안녕과 평화를 위해서요? 그것 뿐이라면요. 정말 그것 뿐이라면요. 그만 하고 싶어요. 그만 해도 되지 않나요? 그건 내게 큰 의미가 없어요. 이 거지같은 인생의 굴욕과 고통을 참는 이유가 오로지 내 한 몸 때문이라면 그건 정말 그만하고 싶어요. 그만 해도 되지 않나요? 어차피 나 밖에 없잖아요. 아무에게도 피해주지 않는다면요. 주님. 그 정도는 허락해 주실 수 있지 않나요?

오. 주님 오늘만 해도 그래요. 크리스마스는 누가 만들었나요? 당신이 태어난 덕분에 만들어진 크리스마스지만 당신이 만들지는 않았잖아요. 그런데 왜 모텔에는 연인이 꽉 차있고 어떤 사람은 사랑을 고백하고 화목한 가족은 온기를 나누고 있나요? 당신이 태어났을 뿐인데요. 십자가에 못 박혀 끔찍한 최후를 맞이하는 운명을 타고난 당신이 태어났을 뿐인데요. 왜 사람들은 모두 함께 모여 즐거울까요?

  나는 알고 있어요. 다들 행복하지는 않겠죠. 이런 날에도 혼자 집구석에 들어앉아 평범한 1년 중의 하루처럼 크리스마스를 홀로 보내는 사람이 많이 있다는 걸 말이에요. 정말 궁금해요. 그 친구들 전부 괜찮나요? 아무렇지도 않나요? 누가 저한테 그랬어요. 혼자가 힘들면 강아지라도 키워 보라고요. 그럼 괜찮아지나요? 개와 고양이털을 쓰다듬으면 그걸로 괜찮아지는 건가요? 아 이렇게 당신 앞에서 징징대지만 사실 저도 괜찮아요. 친구든 형제든 부모든 누구든 만나서 잠시간 괜찮은 얼굴 하고 지내는 거 충분히 가능해요. 그렇게 치면 나도 괜찮은 사람이에요. 그러니까 무서운 거죠. 다들 괜찮은 얼굴들을 하고 있는 거죠. 정말 다들 괜찮나요? 나는 모르지만 주님 당신은 아시잖아요. 그 사람들 전부 괜찮던가요? 진짜로 괜찮던가요? 괜찮다고요? 그러면 나는 왜 그래요? 나만 왜 그래요? 왜 나만 아파트 상가 화장실에서 혼자 굳어가고 있나요?

  정말 죽고 싶었지만 이렇게 된 마당에 당신께 진실을 이야기하자면 사실 죽고 싶지 않아요. 정말 살고 싶어요. 나도 안에 가 있었으면 좋겠어요. 나도 아내가 있었으면 좋겠어요. 이 운율을 맞춘 헛소리가 한때 대한민국에서 떠돌던 농담이란 건 아시죠? 설경구 전도연 주연의 영화 나도 아내가 있었으면 좋겠다라는 영화 포스터를 지켜보던 노숙자가 나도 안에 가 있었으면 좋겠다고 말했다는 그 시시껄렁한 농담이 왜 지금 생각났는지는 모르지만 그 비슷한 마음이에요. 나도 따뜻한 곳에서 따뜻한 사람과 따뜻한 음식을 먹고 싶어요. 그런 거였죠.

오. 주님. 모든 것이 차갑게 식어버린 이곳에 유일하게 희미한 온기를 내는 것이 있습니다. 그건 바로 내 보온가방에 들어있는 치킨이죠. 이 치킨은 원래 따뜻한 곳에서 따뜻한 사람들이 기다리던 따뜻한 음식입니다. 가방에 든 치킨은 전해주기엔 이미 늦어버렸어요. 치킨을 기다리던 사람은 고객센터에 전화를 했을 것이고 절차에 따라 새 음식을 새 라이더에게 배정해서 다시 배달이 진행될 것입니다. 나에게는 페널티가 주어지겠죠. 그리고 보온가방 안의 음식은 내가 폐기해야 할 음식물쓰레기가 됩니다. 그러니까 폐기물이 된 이 치킨은 이제 합당하게 먹어도 되는 음식폐기물이 됐습니다. 이것은 어쩌면 축복일까요? 나를 향한 당신의 마지막 배려이실까요? 나는 마지막 힘을 짜내어 가방 안의 치킨 상자를 꺼냅니다. 따뜻한 치킨 상자를 말이죠.

따뜻한 곳에 사는 따뜻한 사람들이 기다리던 따뜻한 음식이 이제 내 손에 있습니다. 이것이 내 마지막을 위한 당신의 배려이실까요? 그렇다면 당신은 정말 잔인합니다. 이렇게 잘해주시면 내가 어떻게 당신을 원망하겠어요. 내가 만약 집행을 앞둔 사형수라면 마지막으로 먹고 싶은 음식은? 이라는 질문에 치킨이라고 대답했을 겁니다. 내가 말하지 않아도 모든 것을 알고계시는 주님이시니 이렇게 치킨을 제 앞에 놓아두신 거겠지요.

오 주님. 이 냄새는 정말 그간의 고통을 잊게 할 만큼 황홀합니다. 나는 닭다리를 집었습니다. 두툼한 닭다리 살 사이를 나의 이빨이 가로지르고 있습니다. 바삭한 튀김 껍질을 뚫고 부드러운 속살을 가로지른 이빨의 도움으로 뜯겨진 살을 혀가 마중 나갑니다. 따뜻한 닭다리 살이 혀와 만나 춤을 추고 있습니다. 풍미가 입안에 퍼지고 감칠맛이 온 신경을 장악합니다. 눈이 번쩍 떠지고 육체는 다음 한 입을 원합니다.

　오 주님. 따뜻한 곳에 사는 따뜻한 사람들은 이런 음식을 먹고 있었군요. 저는 혼자 산 이후로 치킨을 시켜 본 기억이 없습니다. 혼자 먹기에는 많은 양이었거든요. 제 한 끼를 위해 이만원이 넘는 돈을 쓸 수가 없었거든요. 필연적으로 남길 수밖에 없는 양이라서 다음날 식어버린 치킨을 억지로 해치워야 하는 일이 싫었거든요. 그래서 여러모로 이렇게 온전한 한 마리를 앞에 두고 앉은 게 저에게는 상상도 하지 않던 사치였습니다. 근데 지금 그걸 이뤘습니다. 마지막 만찬답게 만족도는 최상입니다. 누가 예측이나 하겠습니까. 불꺼진 아파트 상가 화장실 안에서 치킨을 훔쳐 먹는 사람이 있다는 걸 말입니다.

　나는 다음 조각을 집었습니다. 내가 가장 좋아하는 넓적다리 살입니다. 기름지고 촉촉하면서 탱글탱글한 육질이 강점인 부위입니다. 나는 한 조각 더. 한 조각 더. 남의 음식을 탐합니다. 이미 이성은 날아가 버렸고 본능만이 남아있습니다. 그리고 묘한 쾌감까지 느낍니다. 따뜻한 사람들에게서 빼앗은 따뜻한 음식입니다. 죽음을 앞둔 내가 저지르는 마지막 범죄입니다. 지치고 허기진 내 몸은 자꾸만 한 조각 더 라고 외칩니다.

성냥팔이 소녀가 죽기 전에 팔아야 할 성냥에 불을 붙이던 때 느꼈던 기분이 지금의 저와 같을까요? 성냥에 불을 붙일 때마다 불꽃 안에서 소녀의 소원이 타올랐던 것처럼 새로운 치킨 조각을 집을 때마다 내 안에 불꽃이 일렁입니다.

오. 주님. 이 치킨은 정말 맛있네요. 죽음도 물리고 싶을 만큼 맛이 있네요. 주님 당신도 부활하자마자 생각났던 음식이 있나요? 이 치킨보다 맛있었을까요? 나는 더 살아서 이 맛있는 걸 또 먹고 싶네요. 나도 따뜻한 곳에서 따뜻한 사람과 함께 지금보다 더 따뜻할 때 먹어 보고 싶네요. 그런데 성냥팔이 소녀는 자신이 가진 성냥을 모두 태우고 쓸쓸히 얼어 죽었다죠? 나도 이 치킨을 다 먹으면 그런 운명이 기다리고 있을까요?

황홀한 식사가 끝이 나고 나는 나의 무덤이 될 공간을 둘러봅니다. 깨진 유리창 사이로 바람이 들어오고 파란 쓰레기통 안에는 휴지더미가 쌓여있습니다. 벽에는 그림이 붙어있습니다. 다이소에서 파는 3000원짜리 액자에 인쇄되어 끼워져 있던 그림입니다.

파도가 넘실대는 푸른 바다위에 떠 있는 요트가 인상적인 그림이에요. 흔히 말하는 이발소 그림 풍의 프린트가 액자에 끼워져 있습니다. 옆의 꽃밭도 시냇가에 물놀이하는 아이들의 모습도 다 그렇습니다.

플랜더스의 개라는 동화의 주인공 네로도 배달 일을 했죠. 그리고 크리스마스이브에 얼어 죽은 것도 저와 같네요. 다만 차이가 있다면 그 아이는 대성당 안의 루벤스가 그린 그림 앞에서 죽었고 나는 다이소 액자의 그림 아래에서 치킨을 뜯어 먹다가 얼어 죽은 채로 발견 되겠죠. 아무리 인생은 동화 같지는 않다고 하지만 이건 너무한 거 아닌가요? 제가 얼마나 잘못된 삶을 살았기에 같은 배달부인데 누구는 대성당에서 죽고 누구는 화장실에서 죽어요?

하늘에서 천사가 내려와서 파트라슈와 네로를 데리고 하늘로 올라갔잖아요. 저도 누군가가 데리러 올까요?

오. 주님. 치킨 다 먹었습니다. 제발요. 이제 빨리 저에게 천국을 보여주세요. 근데 나는 네로인가요? 아니면 파트라슈인가요? 나는 운반과 배달을 동시에 했으니까 개 같은 사람인가요?

잘하고 싶었어요. 완벽할 수 없을 거라는 걸 알면서도 완벽하고 싶었어요. 그러다보니 실수에 예민해지고 이미 망가져 버린 인생이라는 생각에 결국 삶을 놔버렸습니다. 잘 하고 싶었어요. 나는 내 부족함을 누구에게도 들키고 싶지 않았습니다. 여기서 이대로 죽으면 내 꼴이 만천하에 드러나겠죠. 자연사를 하고 싶다며 아침에 집을 나설 때 바라던 바람 그대로 이뤄진 걸 보면 당신은 정말 믿을 수 없을 만큼 창조적이며 문학적십니다. 나는 나의 바람대로 자연사하게 되었습니다. 감사하면서 감사하지 않습니다. 죄송하면서 죄송하지 않습니다. 죽고 싶으면서 죽고 싶지 않습니다. 내 마음이 그렇습니다.

자정이 지나 영업이 끝난 아파트 상가지만 깨진 유리창 너머로 열심히 소리치면 누군가는 들을지 모를 일입니다. 그런데 이렇게 피폐한 마음으로 화장실 문이 열린 다음은요? 나는 불 꺼지고 지저분한 집으로 들어가게 되겠죠. 그렇게 잠이 들고 다음 날이면 추위와 허기를 녹이려고 라면 냄비에 물을 올리겠죠. 오. 주님. 살고 싶지만 살고 싶지 않아요. 나는 깨진 유리창을 바라보며 마음속으로만 소리칩니다. 여기 사람이 갇혀 있다고요. 오. 주님. 당신 말고는 아무도 듣지 못하겠죠. 아무도. 듣지. 못합니다. 내 아우성은.

경상북도 영덕군 남정면 사암리에서

움베르트 에코에게 처음 전화를 걸었을 때, 그는 이탈리아 아드리아해 근처 우르비노에 있는 17세기 저택의 책상에 앉아 나의 전화를 받았다. 그는 자신의 저택에 있는 아름다운 수영장에 대해서 찬양하면서도 내가 꼬불꼬불한 산길을 달려오는 데 어려움을 겪지 않을까 우려했다. 그래서 우리는 저택을 방문하는 대신 밀라노에 있는 그의 아파트에서 만나기로 했다. 나는 지난 2008년 8월, 여름의 절정이며 가톨릭에서는 성모승천 대축일을 축하하는 페라고스토 축일에 에코의 아파트에 도착했다.

준영은 이것이 인터뷰라는 걸 알고 있었지만, 마치 멋진 소설의 시작 부분을 읽는 느낌을 받았다. 그 사람의 이름, 외모, 지명 심지어 기념일마저 너무나 생소하고 이국적이어서 그의 상상력을 발휘해야만 이미지가 떠올랐기 때문이었다.

지중해 어딘가에 눈부신 햇살이 대저택의 창가로 쏟아지고 유서 깊은 엔틱 가구에 앉아 전화를 받는 움베르트 에코. 창밖에 내려다보이는 수영장 위로 햇살 받은 물빛이 빛나고 그곳에서 다이빙 놀이를 하는 손주를 지켜보며 전화기 너머 상대에게 은근히 너스레를 떠는 천재 작가. 천진난만한 아이들의 웃음소리가 끊이질 않고…….

책에는 분명하게 아드리아해 근처 우르비노라고 적혀 있지만 준영이 지중해를 떠올린 건 그에게 있어 아드리아해나 지중해나 이름을 들었을 때 떠오르는 이미지가 같기 때문이었다. 김치와 기무치, 동해와 서해의 조수간만의 차를 설명할 수도 있는 그였지만 아드리아해와 지중해를 구분하는 일에는 전혀 신경 쓰지 않았다. 신경 쓸 필요가 없었다. 누가 물어 올 일도 없었고 자세히 알고 있다고 해도 써먹을 일 없는 상식이었다. 그냥 내리쬐는 햇볕에 반짝이는 흰 모래가 끝없이 깔려 있는 바다의 이미지라고 상상하면 그뿐이었다. 준영은 실상 지중해가 어떻게 생겼는지 조차도 몰랐다.

'여기랑은 다르겠지.'

준영은 무섭도록 짙은 파란색을 띠는 영덕의 바다를 떠올리면서 지중해는 여기와 무조건 다를 거라고 근거도 없는 확신을 했다. 준영이 지중해며 아드리아해를 모르기 때문에 확신은 더욱 확고했다.

'아드리아 해, 우르비노, 이탈리아 페라고스토 축제'

준영은 생소한 지명을 소리 내어 읽으며 빈약한 식견으로 최대한 멋진 그림을 그리려 애썼다. 움베르토 에코를 만나게 된다면 묻고 싶은 말이 많았다. 그가 중세시대에 관심을 갖게 된 배경은 무엇이었는지. 유럽이 아닌 다른 문명에 대한 흥미는 없는지. 학자와 작가 사이의 괴리감은 어떻게 극복을 하는지. 혹여 영감을 받은 작품이 있는지.

준영은 자신이 그린 그림 안에 움베르트 에코를 집어넣었다. 그리고 그를 인터뷰하기 위해 그의 저택을 찾아간 정장을 차려 입은 김준영도 집어넣으려 했다. 그림이 일그러진 것은 그때부터였다. 상상은 버퍼링에 걸린 동영상처럼 앞으로 나아가지 못했다.

한여름이었지만 새벽에는 방충망 사이로 찬바람이 들어왔다. 준영의 팔에 소름이 돋았다. 자리에서 일어나 문을 닫으러 갔다. 방충망에 붙어 있는 벌레들이 놀라며 후다닥 자리를 피했다. 자리로 돌아가는 길에 준영은 자신을 둘러싼 공간을 둘러봤다.

하늘을 메운 무수한 별, 방충망에 붙은 벌레, 한여름임에도 계곡 쪽에서 불어오는 서늘한 바람, 풀벌레 소리, 개가 짖는 소리,

그리고 적막.

 낡은 시골집 안에 싸구려 옷장과 장롱, 거기서 꺼낸 홑이불을 덮고 누운 김준영. 농사꾼도 아니고 뭣도 아닌 그런 사람. 그런 사람이 상상한 이탈리아가 온전한 그림으로 나타나기란 힘든 일이었다.

 '경상북도 영덕군 남정면 사암리.'

 준영은 자신의 상상력이 부족한 것이 아니라 믿고 싶었다. 분명 천재적인 작가인 움베르트 에코도 경상북도 영덕군 남정면 사암리라는 공간에 대해 상상하지 못할 것 같았기 때문이었다. 준영은 그냥 그렇게 믿기로 하고 책을 뒤척이다 자기도 모르는 사이에 잠이 들었다.

 집주인은 방 안에서 잠이 들었는데 현관으로 누군가가 거침없이 문을 열고 들어오는 소리가 났다. 그 소음이 누군지 보지 않아도 아는 준영은 본능적으로 이불을 온몸에 꽁꽁 싸맸다. 5분만 더 자고 싶은 아이의 모습 그대로였다. 이윽고 그 누군가는 방으로 들어와 불까지 켰다.

 "야야 일나라. 아제가 왔으면 오셨습니까. 카고 일나봐야지. 하이고 이 자슥아 이거 니 또 안자고 책 봤디나? 어제 영태삼촌 밭에 약 치러 간다고 일찍 자라 하드나 안 하드나? 새벽에 일하고 낮에 햇빛 쨍 할 때 집에 들어앉아가 책을 보든가 잠을 자든가 카지. 만다꼬 새벽에 잠도 안자고 이카고 있노.

이기 뭐 밭일하는데 도움이 되나? 봐라. 준영아 일나그라. 아제가 말을 하면……."

일어나지 않으면 절대 꺼지지 않는 알람이 울렸다. 무시하고 누워 있으면 물리적인 공격까지 가하는 알람이었다. 잠을 깨우는 효과가 확실했다. 다만 단점이라면 알람이 언제 울릴지 알람만 알고 있다는 것이었다.

"아저씨 저 일어났어요."

갓 잠에서 깬 준영은 잠긴 목소리로 웅얼웅얼 사람을 맞았다. 갑작스러운 기상에도 익숙하게 옷을 입고 작업 도구를 챙겼다. 시계는 오전 4시 하고도 30분이 지나고 있었다. 그가 까무룩 잠들기 전에 마지막으로 봤던 시계가 3시 언저리였으니 한 시간 이상은 잔 셈이었다. 진열이 아제는 오늘 해야 할 일들에 대해 소리 높여 읊으며 현관문을 열고 밖으로 나갔다. 진열이 아제의 말소리만이 여전히 조용한 새벽을 깨우고 있었다.

준영은 작업 도구를 챙겨 트럭에 타면서 가시지 않은 졸음을 달고 왔다. 차가 출발하고 덜컹이며 비포장 길을 달리자 고개를 끄덕이는 만큼 졸음이 툴툴 떨어졌다. 잠을 깨려 몸부림치는 준영을 보고 진열이 아제가 지긋이 말을 건넸다.

"좀 개안나?"

괜찮으냐는 물음이 할머니를 잃은 상실감에 회복되지 않은 마음을 이야기하는 건지 아직 잠에서 헤어 나오지 못하는 정신을 이야기하는 건지 명확하지 않았고, 질문이 무엇이든 둘 다 괜찮은 상태가 아니었지만 준영은 습관적으로 괜찮다고 대답했다.

 준영에게 선택의 여지가 있는 질문이 아니었다. 괜찮지 않다고 하면 괜찮아질 때까지 위로에는 재주가 없는 사람의 위로를 들어야만 했다. 준영은 일전에 그 위로를 듣고 안으로 화가 쌓여 며칠을 끙끙 앓았다. 아픈 곳을 들춰내 안부를 묻는 것도 한두 번은 견딜만했다. 위로에 재주도 없는 사람이 계속해서 위로를 시도하는 일은 준영의 입장에서 고역이었다. 그래서 괜찮다고 말했다. 위로를 듣고 싶지 않아서 준영은 괜찮다고 말했다.

 "그래 괜찮아진다. 나도 어무이 돌아가셨을 때 몇 날 며칠을 밥도 못 묵고 그랬는데 얼마 지나이까 개안트라. 다 그런 거다. 산 사람은 사는 거 아이가."

 진열이 아제가 좋은 사람이란 건 준영도 잘 알고 있었다. 서울에 사는 아들딸 보다 더 자식처럼 준영의 할머니를 챙겼고 힘쓸 일이 생기면 제일 먼저 달려와 일손이 되어줬다. 할머니가 돌아가신 지금 혼자 남게 된 준영이 집에서 급사라도 하게 되면 가장 먼저 발견하고 장례를 치러 줄 사람도 진열이 아제였다. 하지만 좋은 사람인 걸 안다는 것과 사람을 좋아하는 일은 별개의 문제였다. 준영은 대놓고 말할 수 없는 몇몇 가지 때문에 진열이 아제가 늘 편하지 않았다. 눈치가 없고 뜬금없이 튀어나오는 고집과 자신의 손해에도 아랑곳하지 않는 호구 같은 모습과 행동들이 이유였다. 보는 사람은 답답했지만 정작 본인이 불편을 느끼는 경우는 없었다.

준영은 얼굴에 붙은 잠을 모두 털어냈지만, 고개를 숙이고 눈을 계속 감고 있었다. 진열이 아제는 준영이 이야기를 듣는지 마는지 관계없이 이런저런 이야기를 했다. 경상도 사람치고는 말이 많은 편이었다.

●

남정면은 인구 3,000명이 못 되는 면 단위 지역이지만 바다를 끼고 있는 덕분에 사람들은 다양한 일에 종사했다. 준영의 집을 기점으로 차로 움직이는 20분 거리에 농촌과 어촌의 풍경을 모두 만날 수 있었다. 그러한 환경이 준영에게 미치는 영향은 잡다했다. 말 그대로 잡다하다는 표현이 정확하게 들어맞았다. 발이 넓은 진열이 아제의 부름에 어느 날은 비닐하우스를 만들다가 어느 날은 대게잡이 그물을 손질하다가 어느 날은 과수원에 가지를 치고 농약을 뿌리고 수확을 도왔다. 과수의 종류도 여럿이었다. 복숭아, 사과, 배 등 종류가 다양한 만큼 어느 하나 지역을 대표할 만큼 뛰어나다고 꼽을 수 있는 것은 없었지만, 그와는 상관없이 다양한 만큼 할 일도 다양했다.

휴가철이 되면 장사해수욕장에 나가 호객행위를 하기도 했다. 묵을 곳을 찾는 사람들을 민박으로 데려다주고 자판을 펼쳐 장사하거나 치킨을 튀겨 배달도 했다. 봄, 여름, 가을, 겨울, 사계절이 뚜렷한 동네에서 농업, 어업, 상업을 오가며 쉴 틈이 없었다. 준영은 뚜렷한 직업이라 할 것도 없었지만, 계절별로 온 동네에 준영을 모르는 사람이 없을 만큼 쓰임새 좋은 인력이었다.

 일자리가 넘쳐서 팔다리만 움직이면 한몫 건질 것 같지만, 꼭 그렇지도 않았다. 좁은 지역이라 곳곳에 집성촌이 많고 한 다리 건너도 친인척으로 맺어져 있었다. 정으로 이루어진 관계라 최저임금이 지켜지는 곳도 아니었고 일한 값을 미루거나 때때로 음식이나 식자재로 일당을 받는 경우도 많았다. 그런 삶에 익숙해진 준영은 크게 개의치 않았다. 모난 성격이 아니라 밥 한 끼로 하루 일당을 대신하고서도 성실하게 시키는 일을 했다. 그래야만 했다. 그의 대처가 부모 없이 마을을 살아가는 최선의 방법이었다.

 종종 복숭아로 일당을 대신하는 영태 삼촌과 준영 보다 세 살이 많은 도훈이 다툰 적이 있었다. 도훈이 일당 문제로 대들다가 일당 대신 받은 복숭아를 마당에 엎어 버렸다. 다툼이 생기고 도훈은 사과 과수원의 정태 아제에게 꾸지람을 들었다. 해수욕장 영덕대게 횟집의 숙희 이모가 사과를 종용하기도 했고 대게 잡는 진수 선장이 깐깐하게 굴며 도훈을 괴롭히는 등의 연쇄 반응이 일어났다. 마을에 계속 말이 돌았고 도훈은 말을 타고 마을 사람의 입을 돌아다녔다.

 도훈은 결국 영덕을 떠나 대구에 숙식을 제공해 주는 공장에 취직했다. 그리고 고향으로 돌아오지 않았다.

 마을 돌아가는 사정을 잘 아는 준영은 애초에 알아서 자세를 낮췄다. 알아서 자세를 낮춘 준영에 대한 배려로 일부는 정 넘치게 후한 계산을 해주기도 했지만, 일부는 준영의 청춘을 마을의 공공재처럼 사용했다. 그 경계는 아주 모호한 것이라 딱 잘라 말하기 어려웠다.

 준영은 농약 치는 일을 끝내고 난 뒤, 점심을 먹고 가라는 영태 삼촌의 말을 정중히 사양하고 집으로 돌아왔다. 원래 남들과 점심을 함께 먹는 일이 별로 없었다. 점심은 짬을 내서라도 집으로 돌아가 할머니와 함께 먹어야 했다. 할머니는 손자가 없으면 밥을 챙겨먹지 않았다. 할머니의 오래된 습관이었다. 이제 할머니는 없었지만 준영은 몸이 가진 기억이 지워지지 않아 점심때만 되면 집으로 들어가야 마음이 편했다.

 준영은 언제나처럼 집으로 들어가자마자 텔레비전을 틀었다. 일하고 난 뒤라 허기는 졌지만 차려 먹는 일은 귀찮았다. 할머니가 떠난 이후로 준영은 제대로 된 밥상을 차려 먹지 않았다. 준영은 읍내에서 잔뜩 사놓은 레토르트 식품들을 뜨겁게 데워서 마룻바닥에 걸터앉아 입에 쑤셔 넣는 것이 대부분이었다. 3분 카레를 데우고 보니 즉석 밥이 다 떨어지고 없었다. 먼지 쌓인 밥솥을 보고 옆에 있던 쌀독의 뚜껑을 열었다. 누런 쌀에 까만 쌀벌레가 부지런히 움직이는 게 보였다. 정성스럽게 기른 애완곤충처럼 씩씩하게 움직였다. 준영은 뚜껑을 덮고 마루로 가서 숟가락으로 카레만 퍼먹었다.

소금기 가득한 입안을 지하수로 헹구고 그늘진 마루에 드러누웠다. 고된 몸을 누이고선 한숨이 절로 나왔다. 모자란 잠을 자도 되고 전날 다 못 읽은 책을 잡아도 된다. 원한다면 무엇이든 할 수 있었다. 준영은 아무것도 하지 않았다. 아무것도 하지 않는 것이 하고 싶었다.

시선도 주지 않은 텔레비전에서 뉴스 아나운서의 서울말이 들렸다. 준영은 짜증이 울컥 솟아올라서 무거운 몸을 일으켜 텔레비전을 껐다. 그리고 다시 누워 눈을 감았다.

●

할머니가 돌아가시기 전까지 서울말은 준영에게 이국의 언어 같은 말이었다. 말을 배우고 사물을 자각할 때 즈음에 준영은 자기가 사는 곳의 사람들과 텔레비전에서 말하는 사람의 억양이 확연히 다르다는 것을 알아차렸다. 할머니에게 물어보자 대답을 해 줬다.

"저거는 서울말이다."

서울말이라는 말을 듣자마자 준영의 머리에 떠오른 기억은 일전에 들었던 "너거 엄마는 서울에 있다." 라는 말이었다.

"그라믄 엄마는 서울말 쓰나."

"그래 서울 살면 서울말 쓰겠지. 미친년"

서울말. 교양 있는 사람들이 두루 쓰는 현대 서울말. 준영은 엄마의 얼굴도 몰랐지만, 엄마의 얼굴에 교양이 가득할 것만 같았다. 그런 사람의 아들이 되려면 자신도 교양 있는 서울말을 써야 할 것 같았다. 그런 서울말이 끊이지 않는 텔레비전에 준영은 항상 관심을 기울였다.

준영이 텔레비전을 틀어 놓는 버릇의 기원은 이런 생각에서 비롯됐다. 언제고 엄마가 나타나 서울로 자신을 데려갈지도 모른다는 생각에 준영은 서울말이 익숙해지도록 많은 시간을 텔레비전 앞에 앉아 있었다. 그리고 텔레비전을 보며 서울말을 따라 했다.

준영은 학교에 다니면서도 서울말을 썼다. 얼굴도 시커멓고 영락없는 촌아이의 모습이었지만 쓰는 말 만큼은 교양 있는 사람처럼 하고 싶었다. 그 덕분에 따돌려지기도 하고 맞기도 했지만 준영은 성대모사로 자신이 처한 위기를 극복했다. 텔레비전의 개그맨이나 배우들의 목소리를 흉내 내면서 서울말 쓰는 자신에게 희소성을 부여했다. 텔레비전을 끼고 살던 준영은 유행어에 민감했고 적재적소의 상황에 그 말들을 끼워 넣었다. 그게 경상북도 영덕군 남정면에서 서울말을 쓰면서도 미움 받지 않은 비결이었다. 친구들은 준영을 좋아했고 준영 또한 그 호감을 즐겼다. 가끔은 스타가 된 기분을 느끼며 당장 서울로 가도 자연스럽게 섞일 것 같은 자신감을 갖기도 했다.

친구들은 학교를 졸업하고 대구, 부산, 서울, 전국 각지로 흩어졌다. 부모들은 자신이 하는 일을 물려주고 싶어 하지 않았다. 자식 또한 부모의 일을 물려받는 것은 도태되는 것이라 여겼다. 서로가 원치 않으니 떠나는 게 가장 좋았다. 준영의 친구들 대부분이 그러했다. 자식들이 놓고 간 일손은 준영이 대신했다.

한때 준영에게는 가슴이 답답해서 미쳐버릴 것 같은 순간이 있었다. 좋아서 남게 된 것이 아니었으니 당연한 일이었다. 해수욕장에서 피서를 즐기고 떠나가는 젊은 일행을 멍하니 넋 놓고 바라보는 일도 많이 했다. 명절이면 고향으로 돌아오는 친구들이 들려주는 대도시의 이야기는 준영의 현실을 더 답답하게 만들었다. 꼭 서울이 아니더라도 대구 부산 어디든 뛰쳐나가고 싶었지만, 손자 없이는 밥을 먹지 않는 할머니를 두고 갈 수도 없었고 데리고 갈 수도 없었다. 준영은 할머니의 모든 것이었다. 그 누구도 의도했던 상황은 아니었다. 삶이 자연스럽게 그런 관계를 만들었다.

준영은 상황을 고칠 수 없으니 마음을 고치기로 했다. 도망치고 싶은 마음은 자신의 마음속에 들끓는 수만 가지 마음 중의 하나일 뿐이라 여겼다. 그렇게 여겨야만 했고 실제로 그렇기도 했다. 평생을 거둬 준 할머니를 두고 떠나는 일을 상상하면 죄의식이 제곱을 더 해서 준영의 마음을 덮었다. 버림을 받았던 준영이었기에 자신이 누군가를 버리고 간다는 사실이 용납되지 않았다. 들끓는 청춘의 울결을 애써 달랬다. 열정이 어느 정도 바닥에 가라앉았을 즈음해서 할머니가 세상을 떠났다. 내일도 같이 밥 먹을 사람처럼 자다가 조용히 훌쩍 떠났다.

준영은 새벽에 일어나 미동도 없는 할머니를 발견하고는 막막함에 아무 생각도 하지 못했다. 머릿속에는 큰 벽이 가로막고 있는 것 같았다. 할머니의 죽음이 계속 벽을 두드리고 있었다. 두드리고 두드리다가 이윽고 그 벽에 금이 가고 상황을 인지했을 때 준영은 할머니의 아들도 딸도 아닌 진열이 아제에게 제일 먼저 연락했다.

준영에게 가까운 사람의 죽음은 처음 겪는 일이었다. 무엇을 해야할지 알지 못했다. 누구든지 자신에게 명을 내려줬으면 하는 마음뿐이었다.

얼마 지나지 않아 소식을 들은 외삼촌의 전화번호가 준영의 휴대폰 위로 떠올랐다. 외삼촌은 몇 가지 당부를 했다. 아저씨 말 잘 듣고 할머니의 시신과 함께 조심히 올라오라는 것, 자기 방에 있는 책 중에 수업 때 쓸 책을 가져오라는 것, 최대한 깔끔하게 차려입고 오라는 것 등이었다.

준영은 교수이자 작가인 외삼촌이 작품을 쓰기 위해 가끔 머물렀던 방에 들어가 삼촌이 알려준 책을 챙겼다. 준영은 외삼촌이 부탁한 책이 어느 자리에 있는지 다 알고 있었다. 그 방에 있는 책은 모두 외삼촌의 책이었지만 준영이 훨씬 더 열심히 읽은 책들이었다.

책을 다 챙기고 깔끔한 옷을 찾았다. 옷장 안에는 마땅한 옷이 없었다. 준영은 고등학교 때 입던 교복을 꺼내 입었다. 제일 깔끔한 옷이었다.

준영은 옷가지와 지갑 휴대폰을 챙기고 노끈으로 책을 묶었다. 진열이 아제가 부른 운구차에 할머니와 나머지 필요한 짐을 실었다. 운구차는 좁은 시골 길을 빠져나와 국도를 지나 고속도로에 올랐다. 준영이 고개를 들어 바라본 팻말에는 서울이라는 글자가 적혀 있었다.

"서울 간다. 진수가 서울서 장례 치르겠다 카더라. 너거 어마이도 올끼다."

준영은 차에 타고서야 목적지가 서울이란 걸 알게 됐다. 준영은 그토록 바라던 서울을 아무런 준비도 없이 가게 될 줄 몰랐다. 슬픔에만 빠져있기도 벅찬 시간에 묘한 감정과 걱정들이 한꺼번에 밀어닥쳤다. 서울을 간다. 교양 있는 서울 사람들이 있는 서울을 간다. 고층 빌딩, 거미줄 같은 지하철, 남산과 한강, 청계천, 광화문, 이름만 듣던 것들이 있는 서울로 간다. 외삼촌도 있고 외사촌들도 있고 그리고 엄마도 있다. 근데 이 꼴로 가도 되는 걸까. 영락없는 시골 노동자의 몰골을 하고서 서울 사람들을, 엄마를 만나도 괜찮은 걸까. 준영은 텔레비전에서 보던 서울말을 곱씹었다. 인사부터 자기소개까지. 배우가 대사를 외우듯 머릿속에서 예행연습을 했다. 평생을 길러 준 할머니가 돌아가셨다. 슬픔에 빠져 있어야 할 시간에 희뿌연 기대가 준영의 슬픔을 방해했다.

시골 생활에 염증을 느낀 미옥은 태식에게 함께 서울로 떠날 것을 종용한다. 태식은 사랑하는 여인의 원을 풀어주기 위해서 몰래 집안의 소를 팔아 여자와 함께 서울로 떠난다.

아무리 힘든 일이 있어도 미옥과 함께라면 다 견뎌낼 것 같았던 태식이었지만 몇 번의 배신과 사기, 그로 인한 상처로 방황하게 된다. 이때 미옥은 눈앞에 나타난 성공한 사업가인 준수에게 마음이 흔들린다. 밑바닥 인생을 전전하다 시비가 붙던 중 건달들을 제압한 태식은 오히려 두목 장호의 눈에 띄게 되고 태식은 서울 바닥에서 처음으로 자신을 믿어 준 장호의 밑으로 들어간다.

태식은 힘과 배짱으로 조직 내에서 인정받게 되지만 그런 건달이 된 태식을 볼 수 없다는 미옥의 말에 결국 조직을 떠나기로 결심한다. 그런 태식을 이해하면서도 태식이 조직을 떠나는 일을 용납할 수 없었던 장호는 마지막 임무가 끝나면 태식을 놓아주겠다고 약속한다.

상대 조직의 보스를 제거하라는 쉽지 않은 마지막 임무. 조직의 임무와 사랑을 동시에 지킬 수 없다고 생각한 태식은 미옥을 준수에게 부탁한 후 눈물을 머금고 돌아선다.

태식은 장호가 내려준 마지막 임무에 성공했지만, 그 역시 심각한 타격을 입게 된다. 피 묻은 태식의 손에는 마지막으로 미옥에게 전해주고 싶었던 반지가 쥐어져 있었다. 태식은 상처 입은 몸을 이끌고 고향으로 가는 차표를 끊으려고 터미널로 향했다.

1980년대 신문에 연재했던 김진수 작가의 소설 [불꽃]의 줄거리다. 소설은 연재 당시에도 폭발적인 인기였지만 책으로 묶여 나오면서 다시 돌풍을 일으켰다. 후에 영화로 제작이 되며 작가는 굉장한 부와 명성을 얻었다. 너무 사랑해서 헤어진다는 말의 어원이 이 작품에서 나왔다. 20대의 젊은 나이에 얻은 인기 때문인지 문학계에서는 저급한 치정극이자 통속소설이라며 비아냥거림이 많았다. 이후 [사랑을 그리는 밤] [당신의 향기] 등의 작품을 발표하며 대중적 인지도만큼은 공고히 다진 작가는 돌연 대학원에 들어가 학업에 정진하겠다며 신문 연재 은퇴를 선언했다.

문학박사 과정을 밟으며 보여준 김진수 작가의 문학적 행보는 진중하면서도 사회 부조리에 목소리를 내고 냉철하고 날카로운 현실인식으로 인간의 내면을 깊게 파고들어 가는 작품을 썼다. [밤의 신탁] [인간]은 연달아 평단의 호평을 받았다.

대중성과 문학성을 모두 인정받은 김진수 작가는 학위를 받은 동 대학의 교수로 임용되어 현재까지 제자들을 가르치면서도 왕성한 작품 활동을 이어나가고 있다.

운구차는 경부고속도로를 타고 가다 하남으로 진입했다. 표지판에 서울이라는 글자 아래 숫자가 점점 줄어들었다. 내비게이션은 친절한 소리로 한 치의 오차도 없이 초행길을 안내했다. 진열이 아제는 김진수 작가에게 도착을 알렸다.

곧 있으면 준영이 고대하던 서울 땅을 밟는 순간이었다. 왜 서울로 가는지 그 이유조차 잊을 만큼 준영은 서울에서 벌어질 상황을 상상하는 일에 몰두했다. 어떤 표정으로 엄마를 맞아야 할까. 눈물이 터져서 말도 못하면 어떡하지. 인사를 하고 나서 무슨 말을 하지? 어떤 말을 건네 올까? 이발할 시간도 없었는데 내 모습을 보고 부끄러워하진 않을까. 그래도 삐뚤어지지 않고 할머니 곁을 지킨 걸 대견해 주시진 않을까? 그래야 한다. 내가 처한 환경에서 모난 일 없이 열심히 살았다. 엄마가 남편에게 나를 뭐라고 소개할까. 새아빠가 되는 건가? 같이 살자고 하면 어쩌나. 너무 갑작스러운데. 준영은 별의별 경우의 수를 머릿속으로 그리며 곧이어 도착할 시간을 기다렸다.

운구차는 매봉터널을 지나 병원 입구로 들어갔다. 입구에는 검은 양복을 입은 외삼촌이 기다리고 있었다. 외삼촌은 장례식장 쪽으로 들어가려던 운구차를 멈춰 세웠다. 그리고 운구차에 누워있는 할머니보다 조카를 먼저 찾았다.

새벽에 돌아가신 할머니를 태우고 서울에 도착하니 해가 환했다. 준영이 처음 본 서울은 눈이 부셨다. 김진수 작가는 차에서 내리며 눈을 찡그리고 있는 준영의 손을 잡고 그늘진 곳으로 데려갔다.

할머니가 언제부터 아프셨던 거야? 많이 이상하다 싶으면 삼촌한테 미리 언질을 줬어야지. 그래야 할머니 모시고 병원엘 가든 요양원에 맡기든 했을 거 아냐. 얘기해 봐. 언제부터 조짐이 보였던 거야. 아니 너 혼내자고 하는 소리가 아니고 삼촌이 뭔지 좀 알아야지. 전화 자주 하라고도 얘기했었잖아. 그래. 전화를 했어도 통화가 안 되고 못 받을 수도 있지. 삼촌이 노는 사람도 아니고 수업 중일 때도 있고 업무 때문에 사람들 만날 일도 많단 말이야. 전화 통화가 안 되면 문자라도 남겨 놓으면 되는 거였잖아. 너 혼내자는 게 아니야. 삼촌이 좀 예민해져 있으니까. 네가 이해 좀 해라. 막말로 너 그렇게 무심하게 지내는 바람에 내가 아들 노릇도 못하고 이게 뭐야. 전화가 자꾸 오네. 아무튼 삼촌 수속 밟고 위에 정리할 게 많으니까 너는 이 돈으로 카페에서 뭐 좀 마시면서 기다리고 있어. 너 장례식 들어가기 전에 할 말이 있다.

준영은 삼촌이 준 만원 지폐를 손에 들고 강남 세브란스 병원 입구에 섰다. 빠른 걸음으로 들어가는 삼촌의 뒷모습이 완전히 사라질 때까지 그 자리에서 가만히 바라보고만 있었다. 지폐가 손안에서 구겨졌다. 차가 드나드는 도로를 조금 걸치고 있던 준영을 향해 승용차가 경적을 울렸다. 준영은 병원 안쪽에 마련되어 있는 카페로 발걸음을 옮겼다.

준영은 카페로 들어와 계산대 뒤에 메뉴판을 한참 바라보다가 구석진 자리에 빈손으로 앉았다. 가만히 앉아 생각할수록 딱히 규정할 수 없는 감정들이 고개를 들었다. 분노도 아니고 슬픔도 아니고 황당함도 아닌데 그 모든 얼굴을 다 가지고 있는 괴상망측한 녀석이었다. 그 괴상망측한 녀석은 준영이 외삼촌과의 대화에서 꼭 하고 싶었던 말을 하고 있었다. 준영은 속으로 그 말들을 받아 적었다. 사람들의 말소리, 커피콩 가는 소리, 손님이 주문한 음료를 외치는 점원의 목소리. 가만히 앉아 침만 꼴깍 삼키고 있는 준영에게 서울은 참 시끄러운 곳이었다.

 준영아. 이게 너도 사실 어느 정도 짐작은 하고 있었겠지만 지금 어머니도 갑자기 돌아가시고 누나가 충격을 많이 받았어. 솔직히 이야기하자면 누나는 네 엄마 자격이 없다. 낳기만 한다고 부모냐? 그건 아니잖아. 삼십 년 가까이 너 할머니한테 맡겨두고 한 번도 얼굴 비치지 않은 사람이야. 그게 뭐겠어?

 이런 식으로 갑자기 엄마 소식 전하는 게 좀 그렇지만 상황이 상황이니만큼 이해해 주길 바래. 너 올해 몇이지? 벌써 그렇게 됐어? 그래. 너희 엄마가 너 버리고 시집가서 산 지 28년 쯤 되겠네. 그 사이에 자식도 둘이나 낳아서 지금 애들은 유학 가 있어. 한마디로 이야기하자면 안정적으로 잘살고 있다. 근데 지금 네가 이렇게 나타나면 누나가 어떻게 될지 모르겠다는 말이야. 평생을 속여 온 죄로 지금 함께하는 가족에게 내쳐져도 할 말이 없겠지. 그러니까 삼촌이 하고 싶은 말은 오늘은 그냥 같은 동네 사는 사람 역할 좀 해줄 수 있겠냐 하는 거야.

 누나라고 자기 엄마 보러 가고 싶은 마음이 왜 없었겠니. 근데 고향에는 네가 있으니까 꾹 참고 살았던 거지. 생각해 봐. 삼십

년 가까이 엄마가 보고 싶어도 못 보고 살다가 오늘 갑자기 돌아가셔서 온 거야. 입장 바꿔서 생각해 보면 얼마나 딱하냐. 물론 삼촌이 너 마음 모르는 건 아니지만 준영인 젊으니까. 슬픔도 잘 견뎌낼 수 있지 않을까 해서 하는 말이야. 지금 저 상황에서 과거까지 밝혀지면 누나가 어떻게 될지 모르겠다. 언제 꼭 기회를 마련해서 엄마랑 삼촌이랑 다 같이 만날 날을 만들자. 근데 오늘만큼은 준영이가 양보해 줬으면 좋겠어. 괜찮지?

 진열이 형님한테도 내가 말씀드려 놨거든. 준영이도 힘들겠지만 잘 참아주고. 삼촌 얼굴 봐서라도 부탁 좀 들어줘. 이거 많지는 않은데 서울 온 김에 구경도 좀 하고 맛있는 것도 사 먹고 그래. 삼촌이 데리고 다니면서 구경시켜 주고 싶은데 지금은 시기가 그렇잖아. 다음에 삼촌이랑 여행도 가고 그러자. 배도 고플 테니까 올라가서 수육이랑 육개장부터 좀 먹고.

 외삼촌의 말에는 준영의 생각이 끼어들 틈이 없었다. 적당한 질책과 적당한 회유로 상황을 자연스럽게 자신이 원하는 대로 끌고 갔다. 설득당한 준영은 모두를 위해 그렇게 해야만 할 것 같다고 받아들였다. 준영은 애초에 김진수 작가의 출세작 [불꽃]에서 등장하지 않았던 인물이었듯이 프롤로그에도 등장하지 못했다. 그저 먼 미래에 두 남녀가 서로를 숨기며 머쓱해 하는 장면 뒤에서 육개장을 먹는, 있어도 없어도 그만인 사람 중에 하나로 그려졌다.

 준영이 영덕에서부터 서울까지 차를 타고 오면서 했던 수만 가지 경우의 수에서 전혀 예상치 못한 전개였다. 평생을 함께

해 온 하나뿐인 할머니의 죽음 앞에서 자신에게 주어진 역할이 육개장 한 그릇을 비워내는 일뿐일 줄은 상상도 하지 못했다.

준영이 장례식장 안으로 들어가자 김진수 작가는 진열이 아제에게 눈길을 보냈고 진열이 아제는 준영에게 손짓을 했다. 진열이 아제는 이미 식사를 마친 뒤였다.

"여 마 밥이랑 국이랑 수육 좀 마이 갖다주소."

"다른 건 필요한 게 없음까?"

연변 쪽 억양의 직원이 진열이 아제에게 되물었다. 서울말을 못해도 의사소통엔 아무런 지장이 없었다.

준영은 그 어떤 행동도 할 필요가 없었다. 그저 묵묵히 자기 앞으로 나온 밥을 떠서 목구멍으로 밀어 넣고 육개장을 들이키며 수육을 씹었다. 물렁뼈까지 뱉어내지 않고 꼭꼭 씹어 삼켰다. 아무것도 먹지 않아 허기져 있었고 음식은 기름지고 맛있었다.

"더 무라. 아지매 여 보소. 수육이랑 반찬 떨어진 거 좀 더 갖다 주소."

준영이 묵묵히 밥을 뜨는 동안 옆 테이블에도 음식이 차려졌다. 외삼촌의 동료 작가, 동료 교수, 제자들이 무리 지어 자리를 채우고 엄마의 지인들도 장례식장을 찾았다. 할머니가 알고 지냇 사람은 준영과 진열이 아제뿐이었다. 구석진 곳에 빈 접시를 쌓아두고 있는 둘의 모습이 틀린 그림 찾기처럼 도드라졌다. 사방엔 온통 교양 있는 서울말이었다. 준영은 아무런 말도 하지 않았다.

관객이 들어찬 공연장에 연극의 시작을 알리듯이 얇고도 긴 울음이 울렸다. 엄마가 울었고 누군가가 엄마의 등을 쓰다듬었다. 곧이어 외삼촌도 울음에 동참했다. 교양 있는 사람들의 울음이었다.

준영은 진열이 아제가 잠시 자리를 비운 틈을 타 병원을 뛰쳐나왔다. 슬픔조차 모두 빼앗겨 버려서 그곳에서는 아무런 할 일이 없었다. 아무런 할 일이 없는 그곳에서 가만히만 있다가는 무슨 일이든 할 것 같았다.

준영은 병원을 나와 무작정 걸었다. 그 유명한 강남을 걸으면서도 아무런 감흥이 없었다. 호기롭게 뛰쳐나왔지만, 막상 나와서 십분 남짓 걷다 보니 지쳐버렸다. 서울에 대해서 아무것도 궁금하지 않았다. 그 길로 택시를 잡아타고 고속버스 터미널로 향했다.

무심코 가방에 넣어 둔 삼촌이 준 봉투에는 신사임당 얼굴의 지폐가 잔뜩 들어 있었다. 세어보니 딱 스무 장이었다.

'이 사람은 누구의 엄마인 게 업적인 사람이지. 근데 그것만 해도 대단한 일이긴 해.'

준영은 지폐가 참 미워 보였다.

●

이맘때쯤이면 대학생들의 방학이 시작됐고 외삼촌은 한가득 책을 짊어지고 작업을 하러 영덕에 머물렀었다. 올해는 연락이 없었고 준영이 생각하기에 앞으로도 그럴 일이 없을 것 같았다.

준영은 장례식 이후로 외삼촌에게서 아무런 연락도 받지 못했다. 유산 상속 문제로 등기우편이 날아왔지만, 얼굴을 마주 보지 않아도 되도록 외삼촌이 조처를 한 탓에 군청에 몇 푼의 상속세만 내고서 관계가 정리됐다. 웬만한 직장인 두어 달 월급이면 살 수 있는 싼 집이었다. 기둥처럼 자기 자리를 지키던 할머니가 떠나고 기둥이 있던 자리만 남았다. 준영은 보이지 않는 줄이 자신의 목에 채워져 있는 것 같았다. 150cm도 되지 않는 작은 키의 할머니가 있던 자리는 준영의 생각보다 넓었다. 그 빈자리의 넓이가 영덕에서 서울까지 되는 것 같았다. 그 느낌이 정확했다. 외삼촌이 더는 이곳을 찾지 않는 것만 봐도 알 수 있었다.

어김없이 밤이 찾아왔고 밤과 새벽의 어느 한쪽도 편들 수 없는 경계의 시간이면 준영은 생각이 많아졌다. 이런저런 책을 뒤척이다 문득 모든 것이 다 지겨워졌다. 어려워졌다. 무서워졌다. 공허해졌다. 외로워졌다. 우스워졌다. 그 어떤 감정도 떨치기가 힘들었다.

그들의 불꽃은 사실 전혀 아름답지 않았다. 함께 서울로 도망쳤지만 삶이 뜻대로 굴러가지 않아 크게 싸운 뒤 여자를 떠난 남자. 남자가 떠난 방에서 혼자 남아 태기를 느낀 스물을 갓 넘긴 여자. 갓난아이를 데려와서는 젖도 떼지 않고 다시 달아나 버린 딸을 평생 욕하던 할머니. 부모 없이 자란 소년. 타지에서 떠돌다 고향으로 돌아온 남자. 아버지와 아들로 부르기엔 너무 늦은 시간에 만난 부자. 구질구질한 사실과 우연과 인연이 겹쳐서 만들어 낸 상황은 아름다움과는 거리가 멀었다.

준영은 그런 상황을 다 짐작하면서도 괜한 기대를 했었다. 외삼촌이 이야기하는 [불꽃]의 장면처럼 그 절절함이 현실에도 있을 줄 알았다. 청춘이 다 그럴 줄 알았다. 아픈 이별조차 사랑해서 떠나는 거라며 예쁘게 포장된 슬픔을 그대로 믿었다. 정말 사랑하면 떠나지 않는다. 준영에게 믿음의 대가로 남은 건 더도 덜도 아닌 현실 그뿐이었다.

이제는 어디든 길 수 있고 무엇이든 힐 수 있었다. 붙집는 사람도 없었고 방해할 사람도 없었다. 그래서 아무것도 할 수 없었다. 무엇이든 될 수 있는 시대라서 아무것도 될 수 없었다. 이게 할머니 때문인지 부모 때문인지 환경 때문인지 상처 준 사람들 때문인지 무얼 탓해야 할지 몰랐지만 심하게 아프다는 것만은 확실히 말하고 싶었다. 하지만 준영의 주변에는 방충망에 붙은 벌레, 계곡 쪽에서 불어오는 서늘한 바람, 벌레 소리, 개가 짖는 소리, 그리고 적막. 그런 것들뿐이었다. 아무것도 없어서 말할 수 없었다. 준영은 엉엉 소리 내서 울었다. 엉엉 울고 난 다음에야 가슴에 맺혔던 무언가가 어디론가 사라져 버렸음을 느꼈다.

새벽은 더 깊어졌다. 진열이 아제가 거침없이 현관문을 열고 들어왔다. 신발을 벗고 뚜벅뚜벅 안방으로 들어가 불을 켰다. 진열이 아제는 빈방과 마주했다. 눈에 띄는 곳에 올려 둔 쪽지에는 이렇게 적혀 있었다.

[이탈리아 페라고스토 축제를 보러 가려고요. -준영.]

아스마

나는 하느님 앞에서 지옥에 가고 싶다고 말했다.

초등학교 때의 일이다. 그게 언제인지 정확하게 말할 수는 없다. 어린 시절의 많은 장면은 이미 뿌옇게 처리되어 기억의 구석에 처박혀 있다.

어렴풋이 말할 수 있는 건 여름이었다는 것. 성당 안으로 들어갈 때 습한 날이면 시멘트가 뿜어내는 냄새가 은근하게 코로 들어왔고 살에 닿는 공기의 감촉이 서늘했다.

나는 교리교사가 나눠주는 주보를 손에 쥐고 미사를 보러 들어갔는데 선풍기 바람이 닿는 곳에 앉으려고 교리반 아이들 사이에서 자리다툼을 했던 기억이 있다. 이런 냄새와 장면이 현상 그대로 뇌리에 박혀 있을 때가 있다. 그 날이 그랬다.

신부님은 강론을 하는 도중 퀴즈를 냈었다. 나는 그 신부님이 내는 퀴즈를 한 번도 틀린 적이 없다. 그렇다고 맞춘 적도 없다. 문제를 틀리고 싶지 않았다. 내게 있어 틀리는 건 무서운 일이었다. 그래서 나는 단 한 번도 손을 든 적이 없었다. 그래서 참여를 하지 않는 내게는 긴 강론이 항상 지루하게 느껴졌다.

강론 시간이 되면 나는 가지고 들어온 주보를 봤다. 거기서 굉장히 특이한 지옥을 보았다. 문제는 지옥에 갇히게 된 주인공의 결말이 어떻게 됐는지 도무지 기억나지 않는다는 것이다. 기억나지 않는 기억은 그 안에 들어있다. 기억나는 기억 안에 기억나지 않는 기억이 있다. 거기에는 난생처음 보는 지옥이 있었다. 더 큰 문제는 내가 내 입으로 지옥에 가고 싶다고 말했었다는 것이다.

어렸던 나는 하느님께 말했었다.

"제가 지옥에 가게 된다면 꼭 여기로 보내주세요."

●

병상에서 그가 남긴 마지막 한마디는 "빌어먹을"이었다. 솔직한 속마음 그대로였다. 하지만 그 말을 들어 준 사람은 아무도 없었다. 처자식들은 이미 그에게 듣고 싶은 마지막 말을 다 받아 간 후였다. 심장 박동을 체크하는 기계가 숨이 멎은 그를 알렸다. 간호사가 가장 먼저 달려왔다. 그는 이미 혼이 빠져나와 객체가 되어 병실을 지켜보고 있었다.

'저 간호사는 사망을 확인한 뒤 의사에게 알리고 의사는 가족에게 알리고 가족은 친척과 지인에게 알리겠지. 내 죽음을 이용해서 친목의 장이 열릴 거야. 망할연놈들. 나는 알아. 날 위해 진심으로 울어 줄 인간들 하나 없을 거다. 그래도 화환에는 자기 이름을 새겨 보내며 벌떼처럼 모여들겠지.'

그는 비쩍 마른 몰골로 누워있는 자신을 바라보며 앞으로 일어날 일을 예측했다.

그는 자신의 얼굴을 바라보며 또 한 번 "빌어먹을" 이라고 중얼거렸다. 자신의 얼굴이 빌어먹을 이라는 단어와 너무 잘 어울리는 얼굴을 하고 있었기 때문이었다. 고통 속에 맞이한 죽음이라 표정이 더 안 좋았다며 미라 같은 얼굴을 두둔했다. 그는 홀로 누워 쓸쓸히 죽음을 맞이한 자신을 보며 마음이 착잡해졌다. 이미 이 쓸쓸한 상황을 예측하고 있던 터라 마음이 더 착잡했다. 마지막 예측만큼은 틀리고 싶었지만 그런 일은 일어나지 않았다. 결국, 신을 따르듯 믿어왔던 돈에 대한 확신만이 그의 곁에 진실로 남았다.

돈이 곧 권력이고 권력이 곧 인격이다. 돈은 언제나 옳다. 마지막 순간까지 재화를 놓지 않았더라면 자신의 인덕을 보고 병실에 수많은 사람이 북적였을 거라고 확신했다.

그는 병실에 눕기 전 유서를 작성해서 유산 관계를 깨끗하게 해놓았다.

만일 유서에 서명을 마치지 않았더라면 강퍅한 성질을 그대로 부려도 마지막까지 걱정스러운 얼굴로 곁을 지키는 마누라와 자식들로 병원의 풍경이 보기 좋았을 거다. 먹지도 못할 음식들을 싸들고 와서 이것 좀 드셔 보시라며 눈물을 훔치는 딸아이의 모습도 봤겠지. 숨이 멎기 전에 천국으로 가시라며 기도도 해 주겠지. 콩고물 한 조각 떨어지는 것 없나 싶어 성당에서도 사람들이 연도를 바치러 병실을 찾겠지. 그러다가는? 내가 죽고 난 뒤 싸늘한 얼굴로 남은 내 인덕을 차지하려고 애를 쓰겠지. 평생을 모아 놓은 내 인덕을 누가 나눠 가질 것인가에 대해 눈에 불을 켜고 언성이 높아지겠지. 내 장례식은 개판이 될 거야.

그는 홀로 죽음을 맞이한 지금이 불행인지 다행인지 가늠할 수 없었다.

사람이 싫어. 인간이 정말로 싫어. 천국에 간다고 해도 인간들이 득실득실하겠지. 천국에 가는 인간들이 어떤 기준으로 뽑히는지 모르겠지만 어쨌든 인간들 아닌가. 그래 봤자 인간들이지. 인간들이 가득하다면 나는 천국도 싫어.

그는 집 마당에 묶여 있을 늙은 개가 보고 싶었다.

제대가 차려지고 그 위에 그의 영정이 올랐다.

그는 아들 셋에 딸 둘을 낳았다. 자식들은 좋은 배필을 만나 결혼을 했다. 그에게는 아홉의 손주들이 있었다. 노환으로 명이 다해 죽었고 많은 재산에 부족함 없는 삶을 살았고 장성한 자식들과 그 자손을 보고 세상을 떠난다면 그보다 더한 호상은 없으리라. 표면적으로는 그렇게 떠벌리고도 남았다. 하지만 막상 속을 들여다보면 시커멓게 곪아 있었다.

첫째 딸과 차남은 장례식장에 잠깐 앉아 얼굴을 비치는 게 전부였다. 재산문제로 다툼이 있어 골이 깊어졌고 장례식장에서도 싸움이 이어졌다. 치매 노인 말을 어떻게 그대로 따르겠느냐는 말이 차남의 입에서 나왔다. 욕심이 많아서 항상 형보다 더 칭찬받기 위해 애쓰던 녀석이었다. 아버지가 살아 계실 때 형이 받았던 사업 자금도 유산에 포함 시켜야 한다는 게 둘째의 주장이었다. 듣고 보니 그럴 듯했다. 치매는 아니었지만 몸 져누운 상황에서 그것까지 계산할 여력이 없던 것도 사실이다. 하지만 살아있을 때 줬던 것을 유산으로 생각할 수 없었고 사업 자금을 가지고 몇 배로 불려 지금의 사업장을 갖게 된 건 첫째 아들의 노력 덕분이니 나눈다는 건 첫째 입장에서는 말이 안 되는 일이었다.

첫째 딸은 요즘 시대에 딸 아들 구분 지어 장남만 알짜배기 재산을 갖게 된다는 것이 불만이라 했다. 첫째 딸은 자신이 결혼

하며 시댁에서 사업을 도와준 덕분에 아버지 사업이 커질 수 있었다고 말했다. 자기가 이 집안의 첫째이며 자신의 결혼 덕분에 아버지가 비약적으로 많은 재산을 갖게 됐으니 자신의 몫이 커야한다고 말했다. 틀린 말은 아니었다. 국토개발부의 공무원이었던 사돈이 준 정보로 개발 지역의 땅을 미리 매입한 이후로 급격하게 사업이 성장한 건 사실 그대로였다. 하지만 맞는 말도 아니었다. 이미 그 정보에 대한 대가는 살아있을 적에 사돈과 딸에게 충분하고도 넘치게 치렀다. 그 정보는 사돈이 제공해 준 것이니 딸에게 따로 또 몫을 더 내줘야 한다는 것에 쉽게 응할 수 없었다. 시대와 관습을 탓하며 장남에게 알짜배기 재산을 물려준다는 게 불만이라지만 시대와 관습에 얽매일 필요 없다면 굳이 첫째 딸이 재산을 더 많이 받아야 할 이유도 없지 않은가. 죽고 난 뒤 매년 제사를 지내 줄 사람은 교회를 다니는 딸이 아닌 장남이었다. 더욱이 장남이 받는 재산이 알짜배기도 아니었다. 선산이 포함되어 재산이 많아 보일 뿐 시골에 있어 값어치도 나가지 않고 팔지도 못하는 땅이라 재산 가치가 없었다. 입장에 따라 견해가 달라질 수 있는 말들이었다. 자식들은 편이 갈려 싸우다가도 갈린 편에서도 의견이 맞지 않아 서로 사이가 좋지 않았다. 그 탓에 잠깐 와서 얼굴만 비치거나 미국에서 비행기 표를 못 구했다는 핑계만 전하거나 자식이 중요한 시험을 앞두고 있어서라는 등의 말을 영정 앞에 바쳤다.

　장례식장의 구석구석 이제껏 자신은 몰랐던 이야기들이 오갔다. 자기 모르게 떠돌던 자기 이야기는 들어서 좋을 것이 하나도 없었다. 문제는 듣고 싶지 않아도 모두 들어야만 한다는 것이었다. 개중에는 사실과 다른 이야기도 많았고 사실이더라도 오해가 많았다. 그는 죽은 자는 말이 없다는 말이 새삼스러웠다. 그는 죽은 사람이 되어 영정 앞에 앉아 수많은 오해를 고스란히 지켜봤다.

"빌어먹을"

 찾아오는 문상객 중에 평소 알고 지내던 지인의 모습은 드물었다. 대부분 자식들과 관련한 사람이었다. 그가 일찍이 예견한 것이었지만 예견이 들어맞는 일이 조금도 즐거움을 주지 못했다.

 누군가가 죽었으니 죽음 자체가 주는 슬픔일 뿐. 진심으로 그를 그리며 울어주는 이가 없었다. 그는 가슴을 세 번 치며 내 탓이오. 라는 말을 외쳤다.

 오래 전 거래하며 지내던 박 사장은 그가 빌리지도 않은 돈을 빌렸다며 가짜 차용증을 만들어 와서 아버지가 빚지고 가신 거라 우겼다. 그렇지 않아도 경직된 장례식장에 찬물을 끼얹었다. 사람들은 이래저래 책임을 떠넘기고 원망하고 욕하고 거짓말에 고성이 오가기도 했다. 그는 영정 앞에 앉아 있을 뿐 아무 것도 할 수가 없었다.

●

고통이 뭔지 아는 아이에게 지옥을 설명하는 일은 어렵지 않다. 엄마의 설명은 나 같은 바보도 알아들을 만큼 쉬웠기 때문이다.

어린 나에게 엄마는 뜨거운 죽을 먹다가 입안에 화상을 입었던 때를 떠올려 보라 했다. 온몸이 타들어 갈 것처럼 뜨겁고 어찌할 수 없을 만큼의 고통으로 몸서리를 쳤었다. 그 기억을 회상하는 것만으로 혀가 화끈거렸다.

그때 엄마가 꿀을 입에 물고 있게 해서 조금 괜찮아졌어요.

그것도 기억하고 내 새끼 똑똑하네.

엄마가 말하길 지옥은 온 몸이 불에 타는 곳이라 했다. 지옥은 그것보다 훨씬 더 뜨거운 불이 온몸을 휘감고 꺼지지 않고 고통 속에서 계속 타오르는 것이라 했다. 나쁜 사람이 죽으면 지옥에 간다고 했다.

그러면 어떻게 해야 할까?

나쁜 짓을 안 하면 되요.

그래 내 새끼 정말 똑똑하네.

나는 똑똑한 아이였다. 똑똑한 아이였지만 착한 아이는 아니었다. 나쁜 짓을 안 하면 된다는 말을 하는 순간에도 나는 엄마를 속이고 있었다. 다섯 번 읽으라는 동화책을 세 번만 읽고서 다섯 번 읽었다고 거짓말을 했던가? 아마 그랬을 거다. 어쩌면 엄마는 내게 지옥이라는 곳을 너무 일찍 알려줬는지도 모른다. 나는 언제나 죄인이었고 내가 지옥에 가게 될 거라는 걸 너무 일찍 알아버렸으니까. 그 때문에 나는 항상 마음이 무거웠다.

집을 벗어나 학교를 가보니 나쁜 놈들 천지였다. 아무 데나 오줌을 누는 아이. 친구를 때리는 아이. 친구 물건을 빼앗는 아이. 문방구에서 물건을 훔치는 아이. 청소하지 않고 도망가는 아이. 자기보다 못하다고 생각하는 아이를 놀리는 아이. 돈을 내지 않고 우유를 먹는 아이. 선생님 말을 듣지 않는 아이. 수업 시간에 떠드는 아이. 입에 담아서는 안 되는 나쁜 말들을 뱉는 아이들로 가득했다. 그 수많은 죄를 모두 저지르는 아이는 있어도 하나도 해당하지 않고 자유로울 수 있는 아이는 없었다. 어린 내게는 참말로 다행이었다. 지옥에 가더라도 함께 갈 친구들이 많았다. 그래도 지옥은 무서웠다. 함께 한다고 해서 고통이 사라지는 것은 아니었으니까. 내 친구가 아프다고 해서 내 아픔이 줄어드는 게 아니니까. 그러다가 주보에 나오는 지옥을 보게 되었다. 지옥도 지옥 나름이었다.

맑은 하늘과 따뜻한 햇볕. 시원한 바람. 푸르른 나무는 그늘을 드리우고 개천에는 졸졸 맑은 물이 흐르고 들판에는 형형색색의 아름다운 풀꽃이 자라는 아름다운 풍경. 싸움도 없고 짓궂은 장난도 없고 오로지 자연이 내는 소리만 존재하는 곳. 그런 지옥에 주인공이 홀로 떨어졌다. 세상 어디 이런 지옥이 있을까. 주보에서 소개하는 지옥이 딱 이랬다. 어린 나는 이런 곳이 지옥이라면 일부러라도 가고 싶다고 생각했다. 그리고 미사 중에 진심을 다해 기도했다. 지옥에 가게 된다면 꼭 이런 지옥으로 보내 달라고.

살면서 가장 후회되는 순간을 꼽으라면 나는 한 치의 망설임도 없이 그 시간을 꼽을 거다. 진심을 다해 기도할 거라면 왜 천국에 보내 달라는 이야기를 하지 않았을까.

●

지인이며 자식이며 마누라까지 어찌 그리 쌓인 앙금이 많은지 살아생전에 서운했던 이야기 서너 개는 준비물처럼 챙겨왔다. 어색한 공기가 흐르고 장례식장이 조용해지면 으레 고인에게 서운했던 이야기들을 꺼내 자기들끼리 떠들어댔다. 화가 나고 답답하고 변명이라도 하고 싶었지만 그들의 말을 이틀 밤을 꼬박 듣다 보니 결국 본인이 문제였다는 걸 시인하고야 말았다. 죽은 사람은 모든 것을 인정하는 일밖에 할 수가 없었다.

그는 왜 삼일장을 하는지 죽어보니 알 것 같았다. 살아있는 이에게도 죽은 이에게도 적당한 시간이었다. 어느 자식도 그리하지 않겠지만 3년상을 치른다고 생각하면 그 자체로 끔찍했다. 그는 내일 장지로 옮겨져 땅속에 묻히는 고요함을 간절히 기다렸다.

장지는 큰돈 들여 수소문해서 찾은 풍수지리사와 함께 돌아다니며 직접 고른 곳이었다. 땅이 고르고 햇볕이 잘 들고 조망이 좋은 풍경화 같은 곳이었다. 자식들이 찾으려면 시간이 걸린다는 단점이 있었지만, 명당을 잡는 일에 고려할 사항은 아니었다. 고인이 편안하게 쉬며 후손의 운을 빌어 줄 장소면 여기가 제격이라 여겼다. 이미 매입도 끝이 났고 큰아들에게도 단단히 일러둔 사항이었다.

"벽제 화장터에 오후 두 시 예약이니까 점심 일찍 먹고 출발하면 되겠네요."

큰아들이 사람들을 향해 공지를 했다.

화장터라니. 그는 암 선고를 받았던 때보다 훨씬 더 큰 충격을 받았다. 화장하지 않겠다고 세 번 넘게 이야기했고 세 번 넘게 알겠다는 다짐을 받아냈었다. 큰아들은 마지막 세 번째 다짐에서 너무 당연해서 귀찮다는 듯이 대답을 했었다. 그것도 환하게 웃으면서 그렇게 말했었다. 그는 아들을 믿었고 아들이 잘해 주리라는 것을 예견했지만, 예견이 들어맞지 않았다. 예견이 틀리는 일은 맞는 것보다 더 기분이 좋지 않았다.

- 믿었던 놈이 어찌 그러냐. 그러라고 내가 평생 모은 재산을 물려줬단 말이냐. 불에 타는 게 끔찍하다고 그렇게까지 이야기했는데 어찌 그러냐. 하이고 누가 저놈 좀 말려봐라.

"그래도 너희 아버지가 생전에 땅에 묻어 달라고 그렇게 당부를 했는데 화장해도 되겠냐? 아버지가 일부러 묘지까지 사놨는데."

- 그래 우리 마누라. 내가 고생도 많이 시키고 마음 상하게 한 적도 많았지만 어찌 됐든 늙어 죽을 때까지 같이 하지 않았나. 나 죽어 묻히면 옆에 같이 묻혀야지. 그러라고 그 땅을 일부러 샀어. 거기 명당이라고 명당. 당신도 얼마 안 남았어. 아들놈 저러는 거 당신이 말려야지.

"거기 내가 구글 맵으로 봤는데 별로더만요. 서울서 멀기도 멀고 관리 잘 안 되면 그게 더 안 좋대요."

"거기가 명당이라더라. 자손들도 다 잘 된다고 아버지가 큰돈 주고 사셨어."

"성당 다니는 사람이 무슨 명당 타령이에요. 그런 거 안 해도 다 잘 사니까 걱정하지 마세요."

- 구글이 뭐하는 놈이냐. 풍수지리사 보다 잘하는 놈이냐? 그래서 그놈이 아버지를 불에 태우라고 시켰냐? 다 너희들 잘되라고 후손들 편하라고 자리 잡은 명당을 구글이란 놈이 뭘 안다고 평가해? 그리고 성당을 다녀서 상관이 없어? 성당 다닌다는 놈이 유산 정리 하라고 꼬드길 때 아홉수라 위험하다느니 그따위 말은 왜 했던 거냐? 성경에 아홉수가 나오냐?

"요즘 정부 시책도 화장을 권하는 추세고 서울 가까운 화장터에 모시면 찾아보기도 좋고 더 좋잖아요."

― 정부 시책? 지랄하고 자빠졌네. 정부는 무슨 놈의 정부냐. 눈뜨면 한다는 짓거리가 공무원 욕하고 대통령 욕밖에 안 하던 놈이 뭐라고 정부 시책? 얼빠진 놈 같으니. 살아 있을 적에도 명절 아니면 코빼기도 안 비추던 놈이 지가 찾아보기 좋으라고 애비를 불에 태워? 퍽이나 찾아오겠다. 이런 고약한 놈을 봤나.

잔뜩 화가 나 소리를 쳐도 아무 소용이 없었다. 화장터로 가는 내내 하소연하고 매달려보고 큰 소리로 도움도 요청했지만, 기운만 빠질 뿐이었다.

결국, 시신은 화로 안으로 들어갔다. 뜨거운 화로 안에 온몸이 던져져 뼈만 남을 때까지 아무것도 할 수 없었다. 그쯤 되니 화도 점점 수그러들었다. 고통도 없었고 그저 오랫동안 입고 있던 낡은 옷을 태우는 것처럼 먹먹한 느낌만 남았다. 타고 남은 뼈를 모아 분쇄기에 돌리고 그 가루를 조그마한 도자기에 담았다. 통뼈라는 소리를 많이 듣고 살았던 그였다. 그것과 상관없이 조그마한 항아리에 온몸이 다 담겼다. 분쇄된 유골은 서울 근교의 납골당으로 옮겨졌다. 그의 유골이 머물 공간은 흡사 마트의 라커룸 같아 보이기도 했고 소형 아파트처럼 보이기도 했다. 명패를 달 듯 큰아들이 무표정한 얼굴을 한 그의 영정사진을 유리창 앞에 붙였다. 그리고 짧은 기도를 바친 뒤 사람들은 모두 집으로 돌아갔다.

막내딸이 영정을 어루만지며 마지막 말을 남기고 돌아섰다.

"아버지. 더는 아프지 마시고 속 썩는 일도 없는 무탈한 곳으로 가세요."

긴 하루가 끝이 났다. 그의 삶도 끝이 났다. 그는 완전히 지쳐 버렸다.

●

언제나 그랬다. 삶은 공평하지 않았고 내게 주어진 것은 늘 부족했다. 그런데도 세상은 내게 똑같은 성과와 윤리와 도덕을 요구했다. 이미 썩어 빠진 세상 주제에 틀린 답을 하나라도 적어내면 나를 무리에 섞이지 못하도록 가로막았다. 모난 데 없이 평범해야 했고 그중에서는 또 특출 나야 했다. 어느 정도 흉내는 낼 수 있었다. 흉내는 흉내일 뿐 결국 나는 진짜들에게 짓밟혔다. 이 망할 나라는 언제나 경쟁이고 점수를 매기고 그 모든 문항에서 단 하나라도 틀린 답을 적으면 가혹한 결과로 이어졌다. 그 결과가 지금이다. 지옥이다.

지금 이 지옥으로 떨어진 게 그때의 내 바람 때문이었을까. 그렇게라도 생각하면 조금이라도 덜 억울할까.

그 시절 어린 나의 소원은 확실히 이루어졌다. 그때의 소원 그대로 이 지옥이 최악은 아니다. 여기 이 방안에는 외부로부터 들어오는 고통도 없고 괴로움도 없다. 아무것도 없다. 그저 세상에서 철저히 낙오된 나만 있다. 그래도 지옥은 지옥이다. 괴롭기는 매한가지다.

이게 다 인생의 전부를 꼴찌 하지 않기 위해 애쓰며 산 결과였다. 최악만 면하기를. 시궁창 속에서 낙오된 인간들을 보며 그들처럼 되지 않기를 바라며 거기에만 평생을 바쳤다.

사업에 실패하거나 가족에게 버림받거나 집 없이 떠돌아다니며 쓰레기나 무료급식으로 하루를 연명하는 노숙자가 거리에 넘친다. 더 넓게 봐도 마찬가지다. 나라를 빼앗기고 난민이 되거나 먹을 것이 없어 흙을 퍼먹으며 굶어 죽기만을 기다리는 사람도 셀 수 없을 만큼 많다. 내 지옥은 양호하다. 괜찮은 지옥이다. 그래서 뭐 어쩌란 말인가. 그따위 생각을 아무리 해봐도 더는 내 삶에 아무런 위안도 되지 않는다. 이 벗어날 수 없는 지옥에서 인터넷 창으로 보이는 천국과 지옥에 저주를 퍼부으며 더 깊은 지옥으로 떨어질 날을 카운트하고 있다. 나는 두려움에 살고 있을 뿐이다.

태어날 때부터 나는 노동자의 자식이었다. 한계가 명확히 보이는 인생이었음에도 내 부모는 인정하려 들지 않았다. 작은 재능에 헛된 꿈을 품었고 자식이 그대로 따르게 했다. 차라리 완전한 멍청이였다면 공장에서 기계나 돌리면서 쥐꼬리만 한 월급을 저축했겠지. 그리고 헛된 희망을 품으며 살았을 텐데. 그편이 행복했을지도 모른다. 부모는 내게 쓸데없이 과외다 뭐다 헛돈을 써가며 어정쩡한 대학에 보내 어정쩡한 인간으로 만들어버렸다. 결국, 큰일을 앞두고 있을 때 제대로 된 도움은 못 된 게 나의 부모다. 적어도 이 거지 같은 팔자를 일찍 인정이라도 했다면 이 지옥은 조금 더 나은 환경이었을지도 모른다. 탓하고 싶지는 않다. 탓하면 그들마저 불쌍해진다. 그들도 노력했다는 걸 알기 때문이다. 멍청하게 방법이 틀려먹은 걸 탓할 순 없다.

 집안에 가진 게 아무것도 없는 건 아니지만, 그 정도로는 제대로 된 것은 아무것도 할 수가 없다. 제대로 된 직장에 취직하는 일은 하늘의 별 따기다. 하늘의 별 따기는 하늘에 있는 사람들만 할 수 있다. 이 밑바닥에서 제대로 된 일을 구할 수 없다. 직장을 구할 수 없으니 차 한 대 살 수 없다. 차 한 대 살 수 없으니 연애는 꿈도 못 꾼다. 연애를 못 하니 결혼도 할 수 없다. 결혼을 못 하니 출산도 할 수 없다. 그 악순환의 사슬 어느 하나 끊어 낼 도구가 내겐 없다. 나는 모두 포기해 버렸다. 3포니 5포니 7포니 N포니 뭐니 뉴스에서는 항상 내 이야기다. 이 지옥에 떨어진 청년들의 이야기다. 뉴스에는 그런 청년들이 넘쳐난다.

 정말 나 따위가 평범하다는 게 믿어지지 않는다. 나같이 살면서 포기한 것들의 개수를 셀 수 없을 만큼의 처지에 놓인 세대를 N포 세대라고 한다. 세대를 지칭하는 건 한두 명의 작은 수가 아니기에 가능한 것이다. 사회가 이런 지옥을 만들어 놨다. 지옥에 가게 된다면 그런 지옥에 가게 해 달라고 내가 소원을 빈 건 맞다. 하지만 삶이 지옥이 되어버린 건 내 탓이 아니다. 이건 내가 만든 지옥이 아니다. 지옥은 나쁜 사람들이 가야 하는 것 아닌가. 이 지옥을 만들어 놓은 나쁜 새끼들은 여전히 떵떵거리면서 잘 산다. 나는 그들에게 밀려 지옥으로 오게 됐다. 모든 게 거꾸로 되먹은 세상이다. 정떨어지는 인간들. 아니 인간이라고 부를 수도 없는 벌레 같은 것들 천지다. 벌레 같은 인간들이 모여 벌레끼리만 이야기하며 결국 벌레들의 세상을 만들어 버렸다. 내 상식과 배움은 아무 쓸모없는 것이 되어 버렸다. 지옥은 악마들의 세상이다. 하긴 지옥에서 인간의 상식이 통한다고 생각하는 게 더 우습긴 하다.

그때 그 기억이 떠올랐다. 이곳을 지옥이라고 인식하는 순간 그 기억이 났다. 하지만 가장 중요한 기억이 나지 않는다.

주보에는 분명 마지막에 악마가 등장해서 주인공에게 무어라 말을 건넸다. 악마는 몸서리치며 괴로워하는 주인공에게 한마디의 말을 건네며 그를 구원한다. 정말 구원했나? 어쨌든 악마의 한마디에 이야기가 끝이 난다. 주보에 나오는 내용이었으니 분명히 교훈적인 내용일 것이다. 그 한마디가 뭔지 알고 싶어 인터넷을 아무리 찾아도 없고 아무리 기억해 내려고 해도 떠오르지 않는다.

그 한마디가 뭘까. 내 지옥도 구원을 받을 수 있을까.

●

홀로 된 그의 뒤로 검은 옷을 입은 사내 둘이 창백한 얼굴을 하고 서 있었다. 드라마에서 보던 저승사자의 모습 그대로였다. 뒤이어진 그들이 하는 말도 맞출 수 있을 것 같았다. 누구시오? 하고 물으면 가세. 라고 말할 것 같았다.

- 누구시오?

- 가세.

그는 가톨릭 신자였다. 하늘의 천사가 내려와 자신을 하늘로 데려가지는 않을까 생각했지만, 이 또한 낯설지 않았다. 오히려 더 설득력 있어 보였다. 한국인인 자신에게 금발의 흰 피부를 가진 천사가 내려와 자신을 들어 올려 하늘로 데려가는 모습을 생각해 보면 어딘가 모르게 낯선 느낌이었다. 이상하게 저승사자의 등 뒤를 따라가는 자신의 모습이 익숙했다.

- 낯설지가 않네요.

- 당신의 무의식이 믿던 그대로 나타나니까 그럴 수밖에요. 기독교인이라 하더라도 저승에 대한 이미지는 이렇게 한국적인 사람들이 많습니다. 흰 수염을 길게 늘어뜨린 염라대왕의 모습은 이제 드물어졌지만요.

- 그럼 하느님이 있나요?

- 있죠. 하느님도 있고 하나님도 있고 알라신도 있고 믿음 그대로 다 있습니다. 아무리 무신론자라 하더라도 심연의 깊은 곳에 존재하는 사소한 믿음이 그 사람의 마지막을 이야기해 주죠.

- 저는 앞으로 어떻게 되나요?

- 당신이 믿었던 신이 알려 주실 겁니다. 저 건물 안으로 들어가세요. 신께서 기다리십니다.

 끝없이 계속될 것만 같던 길의 끝에 하얀 건물 하나가 있었다. 문을 열고 안으로 들어가 고개를 들자 아주 익숙한 형상을 한 신이 근엄하게 앉아 있었다. 신은 초록색 얼굴을 한 세종대왕이었다. 살아생전 자주 배춧잎이라 불렀던 만원권 지폐의 얼굴이었다. 그는 가톨릭 신자였지만, 세종대왕의 얼굴을 한 신의 모습에 전혀 이질감을 느끼지 못했다.

- 너는 살면서 신의 얼굴을 많이 봤겠구나.

- 가장 좋으면서 가장 무서우신 분이었죠. 더할 말 없이 딱 맞습니다.

- 내가 내리는 판결도 억울함 없이 딱 맞을 것이다. 나는 그런 존재니까.

- 저는 이제 어디로 가게 되나요?

- 어디로 간다라……. 네가 살면서 행했던 일들의 선과 악, 죄에 대한 벌과 선에 대한 보상을 전부 모아 더한 만큼 받고 모자란 만큼 채우고 가게 된다. 물론 여기서 말하는 선과 악은 네가 가진 상식의 기준이 아님을 미리 말해줘야 하겠구나. 네가 살

던 시대의 환경, 규범, 도덕, 윤리, 풍습을 더해 삶의 우연과 운명의 절묘한 뒤섞임까지. 그 모든 것에 기인해 내린 결론이라는 것이다. 나는 모든 걸 다 알고 있다. 이의는 있을 수가 없다. 그렇게 행해지면 그렇게 행해지는 것이다. 꽃이 피어나면 지는 것처럼 말이다.

해서……. 사실 신의 형상으로 내 모습이 등장할 때부터 네가 갈 곳을 짐작하고 있었다. 사람을 싫어하고 인간관계가 가져다주는 필연적인 시끄러움을 싫어하고 감성적인 것들에 대해 비판적이고 부정적이며 오로지 돈이 가져다주는 명확함에서만 위안을 얻고 그것이 진실이라 생각하는 사람이었다. 하지만 그렇다고 해서 네가 악하게 살아온 것도 아니니까. 너 같은 사람에게 딱 맞는 곳이 있지. 너를 위한 곳이다.

잠깐의 암전 뒤에 그의 눈에 펼쳐진 것은 높고 푸른 하늘이었다. 자리에서 일어나 주위를 둘러보니 꿈을 꾸는 것처럼 마음에 쏙 드는 풍경이 그의 눈에 비쳤다. 사방에 그가 알고 지낸 모든 풍경이 아름다움 그 자체로 존재했다. 입이 떡 벌어질 만큼 감격스러웠다. 그가 서 있는 언덕을 기점으로 사방에 산과 바다 호수 강 들판 평원 습지와 갯벌까지 지상의 모든 경관이 펼쳐져 있었다. 자리에서 일어났다. 지금껏 느껴보지 못한 상쾌한 기분이었다. 통증 하나 없이 온몸이 쌩쌩했다. 그는 이곳이 천국이라 확신했다.

그는 막내딸이 마지막으로 건넨 말을 떠올렸다.

"아버지. 더는 아프지 마시고 속 썩는 일도 없는 무탈한 곳으로 가세요."

정말 그 말에 딱 맞는 곳에 도착했다. 그리고 고마운 마음씨의 딸을 위해 축복의 기도를 했다. 그렇게 시간이 흘렀다.

그는 아무리 달려도 숨이 차지 않았다. 피곤하지도 않았다. 잠도 오지 않았고 배고프지도 않았다. 춥지도 않았고 덥지도 않았다. 그는 그런 감각과는 상관없는 존재가 됐다. 그는 마치 바람처럼 그 공간을 떠돌았다.

얼마간은 즐거웠다. 높은 곳에 뛰어올라 경치를 바라보고 명상에도 잠기고 사색을 하며 혼자만의 시간을 즐겼다. 그가 있는 곳은 살아생전 봤던 그 어떤 곳보다 아름다웠다. 그 아름다움이 자신의 눈에 가득 차 더는 담을 공간이 없어졌을 때가 되서야 그는 사람이 보고 싶어졌다.

그곳은 끝을 알 수 없을 만큼 넓은 공간이었지만, 그 어디에서도 사람의 흔적을 찾을 수 없었다. 넓고 거대한 폭포 옆에 비친 무지개도, 산자락 깊은 곳에서 발견한 금맥도 진귀하게 생긴 꽃봉오리도, 혼자서 쳐다보는 일은 이제 더는 의미를 주지 못했다.

세상은 넓고 몸은 무한정 자유로웠지만 아무런 의미가 없었다. 무엇이든 할 수 있었지만 그 무엇도 할 수 없었다. 죽지 못하는 그는 가만히 누워 죽음을 기다렸다. 하지만 그것은 불가능했다.

  그는 작은 희망이라도 품고 싶었다. 그는 걷기 시작했다. 아무리 넓은 곳이라 할지라도 끝이 있을 것이다. 걷다가 보면 말을 걸 수 있는 그 어떤 존재라도 만나게 될 것이다. 누굴 만나게 될지 무슨 말을 할지 생각하지도 않았다. 그저 대화할 수 있는 존재라면 만족할 것 같았다. 서로의 눈을 바라봐주고 감정을 읽을 수 있는 존재라면 더 원할 게 없을 것 같았다. 그는 그런 존재를 만나기 위해 걷기 시작했다. 그는 그것을 아주 작은 희망이라고 여겼다. 하루 이틀 일주일 한 달 두 달을 넘겼다. 그는 막내딸을 원망했다. 석 달을 넘기고 넉 달을 넘겼을 무렵 문득 자신이 말을 잊어간다는 생각이 들었다. 막상 사람을 만났을 때 말을 못하면 어쩌나 하는 생각에 그는 혼잣말을 시작했다. 아무 말이나 머릿속에 들어오는 모든 생각을 말로 뱉었다. 다섯 달 여섯 달 그는 살아생전 겪었던 사소한 일들을 억지로 끄집어내며 기억을 살려내려 애썼다. 나고 자라 죽을 때까지 겪었던 일을 세세히 수백 수천 수만 번 되짚었다. 아무리 천천히 되짚어도 시간을 견뎌내기에는 찰나였다. 그는 날짜를 세는 일을 언제부턴가 관뒀다. 머리에 그려지는 숫자가 늘어나는 것이 아무 의미가 없었기 때문이다. 0과 1과 2와 3이 같았고 4와 5와 6도 7과 8과 9도 물론이었다. 그 모든 것이 뒤섞여 뒤죽박죽 섞여도 결국 같았다. 그는 그 무한한 자유를 어깨에 짊어지고 걷기 시작했다. 그는 외롭고 또 괴로워 가슴을 쳐도 아프지 않았고 자신의 목을 졸라도 고통스럽지 않았다. 그는 뛰거나 걷는 것에 아무런 차이를 느끼지 못해 계속 걸었다. 걷고 또 걷다가 시간이 계속 흘러 흘러 원망하던 막내딸은 자식의 자식의 자식을 낳고도 그 후손들조차 바스러져 한줌의 뼈가 흙으로 변했을 시간 즈음 됐을 때에도 그는 오로지 한 가지만을 위해 걷고 또 걸었다. 누구라도. 제발. 제발. 누구라도.

억겁의 세월을 건넜을 때 그는 그토록 원하던 누군가를 만나게 됐다.

그 곳은 17세기 조선이란 나라의 궁궐 모습을 하고 있었지만, 그는 그것을 알아보지 못했다. 억겁의 시간을 건너며 모든 것이 무의미했다. 그 건물이 잉카제국의 것이든 유럽의 것이든 아무 상관이 없었다. 그가 안으로 들어가자 용상에 앉은 사람이 말을 건넸다.

- 아아

- 조선의 궁궐에 당도한 것을 환영하오. 낯선 이여. 나는 나의 훌륭한 백성들을 굽어살피는 깨우친 임금. 세종이오.

- 아 아으아아아으 아아아으아아으

- 계속해 보시오.

- 아 아으아아아으아 아으아아아아아

- 그리할 수 없소.

- 아아으아아으아아아으아 아으아으아아아

- 잘 하셨소.

- 아우아아아아우아아 아우아아아 우우

- 그럼 잘 가시오.

- 아우아아아우아.

그는 눈물을 흘리며 기꺼운 마음으로 밝은 빛을 향해 뛰어들었다.

눈부신 지중해 바다 한가운데를 표류하는 낡은 배 위에서 불안에 떨고 있는 만삭의 시리아 여인이 있다. 파도 위를 넘실거리는 배가 간혹 거칠게 흔들릴 때면 방안을 가득 매운 사람들에게서 짧은 탄식과 함께 작은 동요가 일었다. 배 안을 가득 채운 불안도 함께 넘실거렸다. 불안은 작은 숨과 숨 사이를 오가며 사람들의 마음을 더 무겁게 만들었다.

부풀어 오른 배를 감싸 안은 여인도 불안한 숨을 들이켜야만 했다. 불안한 모양의 공기가 태아에게 좋지 않을 걸 알면서도 어찌 할 방법이 없었다. 그리고 그 불안은 고스란히 태아에게도 전달됐다.

태아는 처음 느껴보는 불안이었다. 몸을 뒤척여도 팔다리를 휘저어도 온 몸을 죄는 불안에서 벗어날 수가 없었다. 억겁의 시간을 지나 겨우 느끼게 된 생경함이라 더 견디기 힘들었다. 뱃속으로 들어간 순간. 콩알 만 한 심장을 갖게 된 순간. 불안이라는 통각을 겪게 된 순간. 그는 깨달았다. 그리고 발길질을 했다. 그것 말고는 할 수 있는 게 없었다.

그 때 시리아 여인이 천천히 자신의 배를 쓰다듬으며 말했다.

"괜찮아. 아스마. 괜찮아. 엄마가 함께할 거야."

태아는 시리아의 언어를 알아들을 수는 없었지만 온몸을 쓸어내리는 따뜻한 온기를 느꼈다. 그리고 이내 그녀의 말 그대로 괜찮아졌다. 태아는 생겨 난지 얼마 되지 않은 엄지손가락을 입으로 갖다 대고서 몸을 웅크리며 잠이 들었다. 태아는 그렇게 아스마가 되었다.

호박죽

찾아올 사람이 많지 않은 장례에는 코로나가 위안을 주기도 했다. 봉석은 처음으로 코로나의 장점을 발견하게 됐다.

아버지의 투병 기간이 길었던 덕분에 마음의 준비를 충분히 했다고 생각했지만 영정사진 속 아버지를 쳐다보는 건 봉석이 처음 겪어보는 종류의 충격이었다. 그래서인지 봉석은 어떤 표정을 지어야 할지 몰라 멍하니 아버지의 인중만 바라보고 있었다.

봉석이 일하는 프로덕션의 촬영감독이 팀의 막내와 빈소를 방문했다. 촬영이 없는 날이라 더 많은 사람들이 올 수 있었겠지만, 코로나 때문에 둘이 대표를 맡아 조의금을 걷어 왔다. 촬영감독은 영정사진에 절을 두 번 올리고 다부진 얼굴로 봉석의 어깨를 두드렸다.

"감사합니다. 감독님 식사하고 가세요."

"그래. 잘 이겨내야지. 넌 그럴 거야. 내가 믿는다."

촬영 감독이 테이블로 가고 나서 봉석은 믿음직스러운 그의 얼굴을 떠올렸다. 그때부터 눈물이 터져 나왔다. 고장 난 기계처럼 울음이 멈추지 않았다.

팀원의 실수에는 엄격하지만, 힘들 때는 따뜻이 감싸주는 리더의 모습을 보였다며 자족하고 있던 촬영감독은 육개장을 뜨는 내내 높은 음절의 울음소리를 내는 봉석 때문에 신경이 거슬렸다. 텅 빈 장례식장은 울음소리의 에코를 더 크게 만들었다.

아버지를 잃은 아들의 울음소리라 생각하려 했지만 마치 자신에게 들으라는 듯 울고 있는 것 같아 촬영감독의 마음이 몹시 불편했다. 촬영감독은 수저를 내려놓고 자리에서 일어섰다. 맞은편에 앉아있던 막내는 허겁지겁 수육 한 점을 입에 집어넣고 촬영감독을 따라 일어났다.

"코로나가 끝나야 위로도 제대로 할 텐데. 가 봐야겠다. 마음 잘 챙겨라."

"예. 조심히 가세요."

봉석과 촬영감독 사이의 마지막 대화였다. 봉석은 아버지의 발인이 끝난 다음 날 문자로 해고를 통보받았다.

●

예쁘기만 하고 매력은 없는 애들과 난 달라 달라 달라

네 기준에 날 맞추려 하지 마 난 지금 내가 좋아 나는 나야

깐깐하기로 소문난 프로듀서의 기준에 맞춰 데뷔한 아이돌이잖아. 8년 장기 계약서에 잉크나 말랐겠어? 저 아이들은 어디서부터 어디까지가 나라고 말하는 걸까? 저 모습은 머리부터 발끝까지 스타일리스트들의 결과물이겠지. 지금 부르고 있는 노래의 작사와 작곡도 소속사의 결과물이고 춤 동작 하나하나 전문 댄서가 가르쳐준 대로 움직이는 아이들이 뭐가 자유롭다는 거야? 나 다운 나를 사랑한다는 외침을 이해는 하는 걸까? 애초에 나는 뭘까? 나라는 건 꾸며진 후의 나일까 꾸미기 전의 나일까? 그러면 어느 쪽을 더 사랑할까? 어느 쪽을 정할 수 있다면 나를 사랑한다는 말은 의미가 있는 말일까?

봉석의 머릿속에는 이런 삐딱한 생각들이 담벼락에서 흘러내리는 오줌 줄기처럼 퍼졌다. 머릿속이 그러거나 말거나 눈과

손은 아이들의 예쁜 모습을 놓치지 않으려고 집중하고 있었다. 그들이 카메라 밖에서 인성이 어떤지 어떤 구설수에 올랐는지 상관없었다. 봉석은 자신의 프레임 안에서 최대한 예쁜 모습을 담기만 하면 된다. 그게 봉석의 일이었다.

봉석은 매주 예쁘고 멋진 것들을 마주할 수 있는 자신의 직업이 만족스러웠다.

카메라 앞에 있는 아이돌을 보기 위해 비가 오는 날씨에도 기다리는 사람들이 수십 명은 있었다. 그들이 보는 것은 고작해야 이동을 위해 차량에 올라 차창 밖으로 손을 흔드는 아이돌의 모습뿐이었다. 봉석은 그들을 떠올릴 때마다 이상한 우월감에 사로잡혔다.

"여기가 3번 카메라 담당인 김봉석씨. 봉석씨. 오늘 부사장님 직접 오셨어. 인사드려."

"안녕하세요. 지태호입니다. 우리 애들 좌측이 화면발을 잘 받더라고요. 잘 부탁드립니다."

"아. 예."

봉석은 몸을 돌려 부사장과 건성으로 악수를 하고 카메라에 다시 고개를 묻었다. 피디와 부사장은 멋쩍게 웃으며 다른 곳으로 이동했다.

봉석이 한 가지에 집중하면 다른 곳에 신경을 쓰지 못한다는 건 가까운 사람은 다들 아는 사실이었다. 집중한 만큼 좋은 결과물을 만들어냈기에 가까운 사람들은 이해하는 부분이었다. 더불어 사람의 눈을 잘 마주치지 못한다는 것도 마찬가지였다. 봉석은 그 두 가지의 특이점을 모르는 사람에게 오해를 사는 경우가 많았다. 기획사 부사장 지태호는 그 두 가지 모습을 동시에 보게 됐다.

●

대학 입학 후 처음 갖는 오리엔테이션에서 봉석은 사람의 눈을 마주치지 못하는 자신의 상태가 심각한 장애라는 것을 자각했다. 봉석이 자기소개를 하는 도중 예쁘다고 생각했던 여학생과 눈이 마주쳤고 그 즉시 말을 얼버무리며 바보처럼 끝맺었다. 봉석이 짓는 특유의 불안정한 시선 처리는 짓궂은 사람들의 악의 없는 흉내로 이어졌다. 봉석은 바보가 아니었지만 바보처럼 보였다. 학과에서 수석으로 입학했다는 사실이 알려지지 않았더라면 바보이거나 바보 같은 사람으로 대학 생활을 보냈을 것이다.

봉석은 사람과 눈을 마주치면 뼛속부터 가려움이 느껴졌다. 전신에 소름이 돋고 부끄러운 무언가를 들킨 사람처럼 황급히 고개를 돌렸다. 대인기피 증상까지 생기는 것 같아 덜컥 겁이 난 봉석은 인터넷 지식인에 해결책을 구했다. 눈과 눈 사이 혹은 인중이나 코를 보라는 조언을 받게 됐다. 바로 실전에 들어

가는 것보다 텔레비전과 브로마이드의 사람을 보며 연습해 보는 것이 좋다는 요령을 착실히 실천했다.

봉석은 텔레비전을 보며 눈이 아플 만큼 연습을 한 끝에 겨우 정상인의 흉내 정도를 낼 수 있게 되었다. 그럼에도 불구하고 완벽한 의사소통이 되지는 않았다. 대체로 친절하고 사교적이며 자존감이 높으며 활달한 사람들이 유독 어려웠는데 그중에서 동기인 유진은 봉석에게 가장 큰 난제였다.

봉석은 유진과 눈이 마주치면 뼛속부터 올라오는 가려움과 쩌릿한 뒷골, 빨라지는 심장 박동 등의 증상이 나타났다. 견딜 수 없을 만큼 힘들었지만 그럼에도 가까워지기를 진심으로 원했다. 봉석은 가까워질 기회를 만들고 싶었다.

봉석은 유진을 따라 학교 방송국에 가입신청서를 냈다. 중고등학교 때부터 방송국 아나운서를 해왔던 유진과는 달리 봉석에게는 아무런 가입 동기가 없었다. 혹시나 유진의 사진이라도 한 장 구할 수 있을까 하는 얄팍한 이유를 지원 동기에 적을 수도 없었다. 봉석은 거짓 없는 마음을 최대한 그럴듯하게 꾸며 냈다.

[아름다운 것을 카메라에 가득 담아보고 싶습니다.]

그 말이 철학을 전공하는 기계치인 봉석의 촬영 모토가 됐다.

봉석이 처음 카메라를 잡던 날 유진도 한껏 꾸미고 카메라 앞에 섰다. 학교 축제 홍보 영상이었다. 유진은 준비된 대본을 읊었다. 봉석은 찬찬히 유진의 움직임을 따라다니며 촬영을 했다. 거기서 봉석은 생에 최초로 사람의 인중이 아닌 눈을 자세히 들여다볼 수 있었다. 신기하게도 카메라로 보고 있으면 눈을 마주칠 때 나타나는 증상이 전혀 일어나지 않았다. 오히려 마음이 편했다. 봉석은 처음 느껴보는 감정이었다. 새삼 유진이 더 예뻐 보였다.

봉석이 촬영한 영상이 편집을 거치고 공식 홍보영상의 일부분으로 쓰였다. 함께 참여한 완성본을 보고 봉석과 유진은 동질감을 느꼈다. 일을 마치고 집으로 돌아가는 길. 캠퍼스에 붉은 노을이 내려앉았다. 봉석과 유진은 정류장까지 가는 길을 단둘이 함께 걸었다.

"예쁘게 찍어줘서 고마워."

봉석은 멋쩍게 웃으며 눈을 내리깔고 말했다.

"아냐. 네가 예뻐서 그래."

봉석은 얼굴이 붉어졌다. 봉석은 엉겁결에 고백 아닌 고백을 해버렸다. 기분에 취해 무슨 말이든 할 수 있을 것 같았다. 봉석이 먼저 고백을 했고 갓 스물이 된 청춘 남녀는 유진의 제안으로 비밀 연애를 시작했다.

봉석은 사람들과 눈을 맞추며 대화하는 자신만의 방법을 찾앉다. 대학 생활 내내 전공 서적보다 카메라를 끼고 보내는 시간이 더 많았다. 카메라 덕분에 봉석의 세상은 확장됐다. 첫 연애를 시작하게 도와준 것도 카메라였다. 쉽게 만날 수 없는 사람도, 쉽게 갈 수 없는 장소도 카메라 덕분에 이루어졌다. 항상 고개를 숙이고 남의 눈을 피하며 살던 봉석은 카메라로 세상을 선명하게 바라볼 수 있게 되었다.

대학 방송국에서 대부분의 시간을 보내느라 학점 관리가 엉망이어도, 엉망인 학점 탓에 취업이 어려워져도, 어려운 와중에 방송국 아나운서 공채에 합격한 첫사랑이 이별을 통보해도, 봉석은 카메라로 세상을 바라보는 일을 멈추지 않았다. 삶이 힘들수록 카메라 안에 세상이 있다고 믿었다. 비록 프레임 안의 세상일뿐이라 할지라도 땅바닥만 쳐다보던 지난 시간에 비할 수 없이 시야가 넓어졌다. 떠나간 사랑에 슬퍼도 지상파 방송국의 공채에 모두 불합격되어도 봉석은 카메라를 포기할 수 없었다. 좋았던 순간 카메라에 담았던 시간과 사람은 그대로 남아있었다. 봉석은 평생 예쁜 것만 잔뜩 담으며 살고 싶었다. 봉석은 카메라를 멈출 수 없었다. 그리고 그 결과가 3번 카메라였다. 봉석은 매주 정상급 아이돌과 함께 3번 카메라를 맡아 예능을 촬영했다.

●

촬영이 중반쯤 넘어갈 때 봉석은 시간을 확인하기 위해 주머니에서 휴대폰을 꺼냈다.

[아버지 위독하시다 빨리 와라.]

봉석의 고모에게서 온 메시지였다. 갑작스러운 홍수에 산사태가 덮친 듯이 일상의 한 축이 무너졌다. 무너진 토사는 일상 위를 덮치고 봉석의 평정심도 함께 파묻혀 버렸다. 머릿속은 난리가 났지만 일상은 그대로 흐르고 있었다. 여전히 카메라 앞은 신나고 즐거움이 가득했다.

췌장암 진단을 받은 아버지의 긴 투병 생활을 지켜보며 봉석이 바란 단 한 가지는 완치가 아니었다. 아버지의 마지막 날이 자신의 촬영일과 겹치지 않는 것이었다. 자신이 딱히 운이 좋은 사람은 아니라는 판단에서 결정한 자기 선에서의 소박한 바람이었다.

스튜디오 안에는 게임이 한창이었다. 그들의 웃음소리가 유난히 봉석의 귓가를 크게 때렸다. 봉석은 사방에서 다가오는 즐거움에 속절없이 공격받았다. 눈을 피할 수도 없었다. 속이 타들어 가고 있었지만 그들의 즐거움을 놓치지 않고 지켜봐야만 했다.

봉석은 아버지에게 못한 말이 많았다. 묵묵히 홀로 자신을 키워 준 아버지가 세상을 떠나기 전에 꼭 해주고 싶었던 말들이 있었다. 투병 기간이 길었지만 때마침 창궐한 바이러스 때문에 면회가 불가능했다. 정말 죽기 직전이 아니고서는 면회가 허락되지 않았다. 봉석은 마지막이 될 순간을 조바심을 내며 기다리고 있었다. 그 시간이 속절없이 지나가고 있었다. 봉석은 애타게 기다려온 시간에 아이돌의 게임을 봐야만 했다.

한 사람에 한 소절씩 노래를 이어 부르는 게임이었다. 음정 박자 가사를 틀리지 않고 한 곡을 먼저 끝내는 팀이 이기는 방식이었다. 노래가 쉽거나 재주 있는 게스트가 나왔을 때는 빨리 끝나기도 했다. 하지만 오늘의 게스트는 방송 경험이 별로 없는 신인이었다. 긴장한 탓에 틀렸던 곳을 계속해서 틀렸다. 그 자체로 재미있는 그림이 나왔지만, 그 재미를 지켜보는 봉석은 혼자서만 웃지 못했다. 봉석은 차라리 휴대폰을 보지 않았더라면 하고 자책했다. 아무 소용없는 짓인 줄 알면서도 자책이라도 해야 이 괴로운 시간의 초침을 움직일 수 있을 것 같았다.

세 번을 넘게 틀렸던 부분에서 똑같은 멤버가 똑같은 실수를 했다. 게임을 다시 처음부터 시작해야 했다. 봉석은 이 상황에 울컥 짜증이 났다.

'병신 같네.'

봉석의 혼잣말이 무심결에 튀어나왔다. 현장은 시끄러웠고 그사이에 혼잣말이 묻혔다.

승리한 팀이 한우 선물 세트를 머리 위로 들어 올렸다. 그렇게 웃으며 마지막 인사를 하고 촬영이 끝났다. 급하게 정리를 하고 병원에 가려는 봉석을 지태호 부사장이 불러 세웠다.

내가 그냥 넘어가려고 했는데 아무리 생각해도 기분 나빠서 안 되겠어. 아까 병신이라고 그랬죠? 아니야? 아니라고? 나 분명히 똑똑히 들었는데? 대놓고 거짓말이네. 우리 애들이 계속 실수하니까 거기다 대고 병신이라고 했잖아. 내가 그 타이밍까지 정확하게 기억한다고. 내가 잘못 들었어? 나도 병신이야? 그래? 맞잖아. 정확하게 짚어주니까 기억이 나지? 근데 왜 거짓말해? 내가 병신 같아 보여? 야 이 씨발 사람이 말하면 눈 똑바로 쳐다보고 이야기 하라고. 아까부터 뭐야? 사람 무시해? 진짜 퍼니 스튜디오 좋게 봤는데 언제부터 이런 장애인 같은 새끼가 촬영을 해? 야. 나 봐봐 새끼야…보라고!

퇴근을 앞두고서 화기애애했던 현장이 기획사 부사장의 소란으로 어수선해지자 촬영 감독이 중재를 시도했다.

"무슨 일이야? 봉석이 너 정말 병신이라고 했어?"

"그게 아니라요. 촬영 중에 잠깐 휴대폰을 봤는데 휴대폰에……."

"딴말 말고 게스트한테 병신이라고 했어 안 했어?"

"하긴 했는데요. 그게……."

말이 채 끝나기 전에 냄비뚜껑 같은 촬영 감독의 손이 봉석의 뺨으로 날아들었다. 갑작스러운 따귀에 놀란 뺨이 경련을 일으켰다. 소리가 울리는 스튜디오의 특성상 뺨을 강타한 따귀는 주변 모두가 놀랄 만큼 큰 소리를 냈다. 카리스마 킴이라는 별명을 가진 촬영 감독이었다. 대장, 상남자로 불리기도 했다. 그는 엄격하고 불같은 성격이었지만 자기 사람을 챙기고 뒤끝 없다는 평가를 받고 싶어 했다. 그렇게 보이기 위해서 언제나 타인의 시선을 계산하며 행동했다.

"죄송했습니다. 제가 교육이 부족했습니다."

낮고 굵은 목소리로 정중하게 사과를 하며 75도로 허리를 숙였다. 상대방의 응답이 있기 전까지는 허리가 펴지지 않았다. 그 사과는 거절당한 적이 없었다. 지태호 부사장은 주의해 달라는 말을 허공에 얼버무리고 자리를 떴다.

"정리 다 하고 나 좀 보자."

현장은 아무 일 없었던 것처럼 정리되었다. 봉석도 아무렇지 않게 장비를 정리했다. 봉석의 왼쪽 뺨이 벌겋게 달아올랐다.

촬영감독은 병원으로 가려는 봉석을 붙들고 한 시간을 넘게 설교를 했다. 촬영감독은 자신의 고개를 숙이게 만든 봉석의 사과를 받아냈다. 봉석은 죄송하다는 말을 연신 뱉었다. 사과를 받아냈으니 구타가 합당해졌다. 봉석은 빨리 자리를 뜨고 싶었다.

너는 우리 식구고 내 사람이야. 나는 내 사람이 누구한테 그런 욕 먹는 거 정말 싫어. 오히려 내 덕에 일 커지는 걸 막은 거 너도 인정하지? 이 바닥 호락호락하지 않아. 병신처럼 보이면 끝이라고. 너 아버지 위독하시다는 거 나도 알아. 그걸 아니까 하는 말이야. 나도 할머니 돌아가실 때 촬영하고 있었어. 그래도 어떻게 하냐? 프로답게 행동해. 그런 변명이 세상에 통할 것 같아? 프로가 자기 역할만 해내 봐. 면전에 대놓고 병신이라고 욕을 해도 넘어가는 게 세상 이치야. 내가 오늘도 보여줬잖아. 내가 다 너 아끼니까 하는 말인 거 알지? 어서 가 봐. 늦겠다.

봉석이 병원에 도착했을 때는 이미 늦어있었다. 봉석은 아버지가 자신에게 남긴 마지막 말을 듣지 못했다. 하지만 아무도 봉석의 지각에 핀잔을 주지 못했다. 그러기에 봉석이 정신 나간 사람처럼 울고 있었기 때문이었다.

●

해가 물러날 때쯤 봉석의 눈이 떠졌다. 아버지의 49제가 지나갔고 봉석의 집안에는 49일 치의 쓰레기가 쌓여있었다. 봉석은 방안의 쓰레기를 버릴 의욕이 없었다. 이렇게 방치하더라도 누구 하나 뭐라고 하는 사람이 없었다. 그 누구도 이제 이 집에 들어오지 않았다. 이 집안에 살아있는 생물이란 봉석과 하루살이뿐이었다. 유일한 사람인 봉석은 방안이 쓰레기장으로 변해가는 걸 허락하고 있었다. 내일이 되어도 하루 치 쓰레기를 더할 뿐 아무것도 달라지는 건 없었다.

봉석의 생각에 해고는 부당했다. 그리고 해고를 문자로 통보

하는 짓은 비겁했다. 수많은 사람 앞에서 큰 소리를 내며 뺨까지 맞은 건 기억을 떠올리는 것만으로도 수치스러웠다. 하지만 그런 부당함에 싸워 볼 엄두가 나지 않았다. 봉석은 그 이전에도 그렇게 맞았던 사람들을 떠올렸다. 그리고 맞을 만해서 맞았지, 잘릴 만해서 잘렸지, 라고 생각했던 자신도 떠올렸다. 봉석은 아무것도 할 수가 없었다.

세상은 바쁘게 돌아갔고 봉석이 없어도 아무런 문제가 없었다. 봉석이 담당하던 3번 카메라는 누군가가 잘 촬영해서 벌써 방송으로 송출되고 있었다. 화면 속의 그들은 여전히 즐거웠다. 여전히 예쁘고 멋지고 아름다워 보였다. 봉석에게는 그런 아름다운 것들을 가장 먼저 자신의 눈으로 바라본다는 우월감 같은 것이 있었다. 이제 그것을 다른 3번 카메라가 하고 있었다.

노래 이어 부르기 게임은 여전히 시청자들에게 인기가 많았다. 게스트들은 역시 한 번에 끝마치지 못하고 실수를 연발했다.

"병신 같네."

촬영을 할 때는 식사 시간을 훌쩍 넘겨 밥도 먹지 못하고 일할 때가 많았다. 그 허기가 자신을 바쁜 사람으로 만들어 주는 것 같아서 기분이 좋을 때도 있었다.

지금의 봉석은 아무것도 하지 않았지만 열심히 살았던 그때와 마찬가지로 시간만 되면 배가 고팠다. 때로는 아무것도 하지 않는 주제에 배가 고프다는 사실 자체에 기분이 몹시 상했다. 그럴 때면 편의점으로 달려가서 마지막 한 끼를 먹고 죽어버릴 사람처럼 잔뜩 장을 봐서 돌아왔다. 실컷 먹은 후에는 기분 나쁜 포만감에 사로잡혀 숨을 몰아쉬었다. 숨을 몰아쉬다 보면 방안의 악취가 코로 들어왔다. 그 악취가 방안에서 나는지 자신에게서 나는 건지 명확하지 않았다. 봉석은 그대로 한 덩어리의 쓰레기가 되어버릴 것만 같았다. 재활용되지 않는 쓰레기. 봉석은 재활용 가능한 쓰레기들도 오염물질이 많이 묻어 있으면 재활용이 안 된다는 이야기를 떠올렸다. 봉석은 그 사실이 제대로 된 말로 표현할 길이 없을 만큼 안타까웠다. 마치 마지막 희망조차 사라져버리는 느낌이었다. 아무리 쓰레기라도 어떤 식으로든 필요가 있었으면 좋겠다. 그랬으면 좋겠다. 봉석은 그런 생각을 하면서 쓰레기를 밀어두고 빈자리에 몸을 뉘었다.

아무도 없는 집안은 늘 조용해서 시계의 초침과 냉장고 돌아가는 소리가 가장 시끄러운 소리였지만 봉석의 머릿속은 매 순간 지옥의 콘서트가 열렸다.

봉석은 왜 이런 상황이 되어 버린 것인지 원인조차 알 수 없었다. 그냥 괴로웠다. 어쩌다 보니 괴로웠다. 어떻게 지옥에 들어오게 됐는지 알 수 없었기에 나가는 방법도 알지 못했다. 기적이라도 일어나서 누군가가 꺼내 주기를 원했다. 손을 내밀지도 않으면서 그래 주길 바라고 있었다.

●

 봉석은 실눈을 뜨고 주위를 바라봤다. 사방은 눈감기 전의 쓰레기더미 그대로였다. 요의가 느껴졌지만 몸을 일으킬 만큼은 아니어서 다시 눈을 감았다. 허기, 요의, 갈증, 이런 것들 외에는 봉석의 몸을 움직일 동기가 없었다. 봉석은 그만하고 싶었다. 먹고 마시고 배설할 때면 쓸모없이 공회전 중인 자동차가 떠올랐다. 기어를 D에 올려두고 밟고 싶었지만 목적지가 없었다.

 [봉석아 형 내일 대구에 촬영 가는데 촬영기사가 갑자기 펑크를 냈어. 사람 꼭 필요한데 너 혹시 시간 되냐? 제보 컨셉에 현장 르포라서 최소 삼 일은 넘게 걸릴 거야. 그런데 갑자기……]

 봉석은 휴대폰으로 날아 온 장문의 메시지를 다 읽지도 않고 다시 눈을 감았다. 감은 눈에 퍼지는 잔상에서 필요라는 단어만 남아 불꽃을 틔웠다. 오랜만에 보는 단어였다. 필요 없는 사람은 받지 못하는 단어였다. 봉석은 몸을 일으키고 화장실로 달려갔다. 몰골이 엉망이었다.

 [지금 하는 스케줄 끝내고 네 시간 뒤에 그리로 갈게요.]

 목욕. 이발. 프로덕션까지의 거리. 최소 네 시간은 필요했다. 녹슬었던 머리가 빠르게 움직였다. 봉석은 도망치듯 집을 빠져

나왔다. 페이는 얼만지 무슨 일을 얼마 동안 하는지 물어보지도 않았다. 그냥 그곳에 갈 필요가 있을 것 같았다. 필요가 있었으면 좋겠다고 생각했다.

●

[초등학생 정도 되어 보이는 꼬마가 폐지를 줍고 있어요.]

[분명 학교 가야 할 시간인데 자기 몸보다 몇 배는 큰 수레를 끌면서 폐지를 줍는 꼬마가 있어요. 도움이 필요할 듯합니다.]

제보를 받고 제작진이 찾아간 곳은 대구광역시. 궂은 날씨에도 같은 동네를 돌면서 재활용품을 수거하는 꼬마가…….

게시판의 제보로 시작되는 프로그램이었다. 분량은 한 시간이었지만 한 시간을 만들어내기 위해서 대략 일주일 정도의 기간이 소요됐다.

봉석은 이런 종류의 촬영은 처음이었다. 하지만 곧 현장의 분위기를 파악했다. 저예산으로 만들어지는 프로그램이었다. 스텝이라고는 선배와 작가 그리고 봉석 셋뿐이었다. 봉석은 적응해야 할 사람이 별로 없으니 일도 수월하다 생각했다. 무엇보다도 소수의 인원이라 확실한 존재감이 있다는 것 자체가 안심이었다.

130cm의 꼬마는 학교도 가지 않고 재활용품을 모으고 다녔다. 그리고 밤이면 의문의 남성이 트럭을 타고 나타나 수레를 감시하며 폐지를 걷어 갔다. 도심 속 노예일까? 말 그대로라면 방송국이 좋아할 만한 이야기였다.

사실은 그리 특별할 것 없는 이야기였다. 130cm의 꼬마는 꼬마가 아니라 왜소증의 할머니였고 밤이면 할머니를 따라다니는 의문의 남성은 어머니를 도와주러 나온 아들이었다. 거리에서 흔하게 볼 수 있는 재활용품을 수거하는 사람들이었다.

아무리 저예산의 프로그램이라도 이런 식의 일상을 그대로 방송에 내보내는 것은 용납 받을 수 없는 일이었다. PD인 선배는 이 정도 고된 인생은 거리에 널려 있다고 말했다. 할머니에게 친근감을 형성하며 방송에 쓰일만한 이야기들을 발견할 때까지 따라다녀야 했다.

촬영의 대부분은 할머니가 일하는 모습을 찍는 것이었다. 항상 예쁜 것들만 찍어오던 봉석은 이런 식의 촬영이 어색했다.

할머니는 자기 몸의 몇 배나 되는 수레를 끌고 온 동네를 돌아다니며 재활용품을 담았다. 빵과 우유로 끼니를 때워가며 모은 폐지로 수레가 가득 차면 집으로 돌아가 마당에 재활용품을 쌓아뒀다. 고물상을 연상시키는 큰 마당에는 이미 8톤이 넘는 폐지가 쌓여있었다. 하루 15시간 동안 폐지를 모은 결과물이었다. 따라다니는 것만으로도 벅찬 봉석은 할머니에게 경이로움을 느꼈다.

"이렇게 해서 한꺼번에 차에 실어야 돈이 좀 된다."

30년 넘게 폐지를 주워 온 노하우가 담긴 말이었다. 마침 모은 폐지를 수거하기 위해 차량을 불렀고 대형 지게차가 와서 할머니 집 마당의 8톤이나 되는 폐지를 수거해갔다. 그리고 할머니의 계좌로 11만 3천 원의 돈이 입금됐다. 열흘 동안 하루 15시간 일하고 번 수익금으로는 턱없이 적은 돈이었다.

이틀째 되던 날 할머니는 제작진에 대한 경계를 풀었다. PD 선배가 출연료를 드릴 수도 있다는 말과 함께 건넨 두유 한 박스가 크게 작용했다. 할머니는 제작진이 집 안으로 들어올 수 있도록 허락했다.

집 안으로 들어간 봉석은 속으로 큰 충격을 받았다. 가득 쌓인 재활용품으로 어지럽던 마당과는 달리 할머니가 생활하는 공간은 깨끗하게 정리되어 있었다. 할머니의 작은 키에 맞게 싱크대도 개조되어 있었다.

"우리 아저씨가 이래 맞차 줬어."

항상 함께 일하며 같이 있던 할머니의 남편은 뇌출혈로 쓰러져 병원에 입원한 지 6개월째라 했다. 할머니는 젊은 시절 남편의 사진을 보여주며 소녀처럼 웃었다.

"우리 아저씨 잘생겼어. 젊었을 때도 내한테 싫은 소리 한 번

한 일이 없어요. 내를 얼마나 챙기고 잘했다꼬."

 편안한 집안에서의 인터뷰는 할머니의 마음을 풀어놓았다. 봉석은 촬영 중 처음으로 할머니의 눈을 깊이 쳐다보았다. 참 예쁜 눈이라 생각했다.

 아들이 어머니의 집을 방문했고 고된 폐지 줍는 일을 그만하시라며 권하는 장면까지 카메라에 담았다. 할머니는 이제껏 자신을 돌봐주었던 남편의 병원비는 자신이 책임지겠다며 폐지를 계속 줍겠다는 말을 했다. 그리고 다음 날 새벽 다섯 시가 되자 어김없이 폐지를 줍기 위해 수레를 끌고 나섰다. 봉석은 얼추 한 편의 이야기가 다 담겼다고 생각했다.

"약해."

"뭐가요?"

"약해. 뭐가 좀 더 필요해. 할아버지 만나는 장면이라도 추가해야지 않을까?"

"지금 코로나라서 중환자들은 병원 면회 금지일 텐데요."

"그러니까."

"예?"

"그러니까. 그 장면 담아야지. 되면 되는 거고."

PD 선배는 할아버지의 면회 이야기를 꺼냈고 할머니는 그렇지 않아도 병원비 내러 가봐야 한다며 흔쾌히 따라와도 된다는 허락을 했다.

할머니는 큰 호박을 사서 집으로 돌아갔다. 흥얼거리며 호박을 다듬어 삶았다. 한껏 들뜨고 신이 나 있었다. 봉석은 면회가 금지일지도 모른다고 말하고 싶었다. 그도 아니면 미리 전화라도 하시라 알려 드리고 싶었다. 하지만 그것은 촬영기사가 할 일은 아니었다. 촬영 기사는 기쁨에 들뜬 할머니의 모습만 담으면 됐다. 봉석은 아이돌을 촬영할 때처럼 집중하고 있었다.

"우리 아저씨가 이가 약해서 호박죽을 좋아해요. 내가 만든 거를 진짜 잘 묵어."

호박죽은 부엌에 핀 노란 꽃처럼 좋은 향기를 내뿜었다.

●

"환자의 감염병 예방을 위해 면회를 금지하고 있습니다."

할머니는 병원 입구에 붙어 있는 안내 문구를 천천히 읽었다. 그리고 천천히 세 번을 더 읽었다.

늘 끌고 다니던 거대한 리어카 없이 호박죽이 담긴 보온병 하나만 들고 나선 나들이 같은 문병이었다. 할머니가 집을 나설 때부터 봉석은 할머니만 모르는 결말에 대해 마음이 무거웠다. 그리고 그에 대한 결과를 봉석은 카메라에 담고 있었다.

할머니의 표정은 어떤 명배우도 연기로는 표현할 수 없을 것 같았다. 그렇게 많은 시간을 카메라로 사람을 담아 왔지만 봉석은 난생 처음 보는 사람의 표정이었다.

실망 보다는 강했고 절망 보다는 약했다. 깊게 자리 잡은 주름이 할머니의 표정을 절망까지 가지 않도록 받쳐주고 있었다. 마치 이 정도 고통에는 내 눈물을 보여줄 수 없다는 듯이 할머니는 담담한 얼굴이었다. 하지만 그 표정을 빤히 쳐다보는 봉석의 눈에서 눈물이 쏟아질 것 같은 이유를 봉석은 알 수가 없었다. 봉석은 정확하게 자신의 감정을 표현할 수 없었지만 한 가지는 분명했다. 봉석은 정말 아름다운 장면을 카메라에 담고 있었다. 선배의 연출로 탄생한 장면이었지만 할머니의 얼굴만은 진짜였다. 봉석은 할머니에게서 이런 표정을 이끌어 낸 PD 선배에게 아주 복잡한 기분이 들었다.

할머니가 출입할 수 있는 곳은 병원 수납창구까지였다. 할머니는 밀린 병원비를 계산하고서 직원에게 재차 물었다.

"이거 호박죽인데 우리 아저씨가 좋아하는 거거든요. 이거라도 올려 보내 주이소."

"죄송해요. 어머님. 외부 음식도 반입이 안 되세요."

"죽도 안 된다고?"

"네. 안되세요."

"하이고 얄궂다. 죽이 사람도 아이고 안 되시긴 뭘 안 되신다 카노?"

할머니는 쉽게 마음을 접지 못하고 입구 맞은편의 쉼터에 앉았다. 작은 체구라 그런지 손에 쥔 보온병이 유난히 커 보였다.

"이만하면 됐다."

PD 선배가 봉석의 어깨를 손으로 치고 걸어가며 말했다.

"할머니 저희가 집까지 모셔다드릴게요."

"하이고 고맙심더. 가가 죽 좀 묵고 가요."

●

120만 원이 봉석의 계좌로 입금됐다. 갑작스러운 부탁을 들어준 보답으로 20만 원 더 넣었다고 했다. 봉석은 스마트폰에 찍힌 숫자의 0의 개수를 세어 보았다. 할머니가 하루 15시간씩

일하며 모은 8톤의 폐지를 생각했다. 자칫 무례할 수도 있다는 생각이 들었지만 봉석은 자신의 마음이 편해지기 위해서 무엇이든 하고 싶었다.

봉석은 홀로 할머니의 집을 찾아가 문을 두드렸다.

"촬영이 너무 잘 됐다고 보너스가 나왔어요. PD님이 저한테 전해드리라고 하시더라고요."

"하이고 돈 받을라꼬 칸것도 아인데 뭘 그라노? 잠만 있어 보소."

부리나케 들어간 할머니는 종이가방에 호박죽과 두유를 담아 나왔다.

"서울까지 갈라면 멀지예? 가다가 챙겨 드이소."

한사코 사양했던 봉석의 손에 종이가방이 쥐어졌다. 봉석은 차가운 호박죽에서 온기를 느꼈다.

코로나 때문에 기차에서는 취식이 불가능했다. 대구에서 서울로 가는 동안 봉석은 마스크를 끼고 얕은 숨을 내쉬면서 쓰레기가 가득 찬 집을 떠올렸다. 아무렇게나 벗어 늘어뜨린 계절이 지난 옷가지들. 세탁 바구니 위로 넘친 속옷과 양말 그리고 수건들. 악취가 나는 싱크대. 먹다 남은 음식물의 정체를 알 수 없게 만드는 검은 비닐봉지. 아무도 살지 않는 그 집은 도망치듯 빠져나오면서 봤던 지난주 모습 그대로일 터였다. 봉석은 집으로 돌아가고 싶지 않았다.

늦게 일을 마치고 집으로 들어가면 소파에서 텔레비전을 보던 아버지가 무심하게 인사를 건네던 집이었다. 탁자는 항상 깨끗했다. 깨끗한 탁자 위에 집으로 돌아오며 산 야식들을 올려 놓으면, 밤에 먹는 건 몸에 좋지 않다는 잔소리와 함께 둘이서 음식을 먹으며 텔레비전을 봤었다. 봉석은 그 탁자에 호박죽을 올려놓는 상상을 했다. 호박죽에 대해 들려주고 싶은 이야기도 있었다. 아버지도 건강한 호박죽에는 밤에 먹으면 몸에 안 좋다는 잔소리를 하지 않으실 것 같았다. 노란 호박죽을 그릇에 나눠 담는다. 그러면 얼마나 좋을까. 식탁 위에 노란 꽃 두 송이를 피울 수 있다면 얼마나 좋을까. 봉석의 상상은 호박죽을 삼키지 못하고 쓰레기가 가득 찬 집으로 이미지를 되돌려 놓았다.

사랑해 줘야지. 아버지가 사랑했던 사람이니까 나도 사랑해 줘야지. 봉석은 남 이야기 하듯이 중얼거렸다. 깨끗한 방도 내어주고 따뜻하고 건강한 밥도 해줘야지. 아버지가 사랑했던 사람이니까 나도 사랑해줘야지.

봉석은 자신에게 노랗고 따뜻한 호박죽 한 그릇을 오롯이 삼키게 해주고 싶었다. 지금 당장 지체 없이 사랑의 증거를 들이밀어 줘야만 직성이 풀릴 것 같았다. 하지만, 코로나 때문에 기차 안에서는 취식이 금지되어 있었다. 봉석은 그 사실을 알면서도 조심스럽게 마스크를 내리고 호박죽을 담은 통의 뚜껑을 열어 들이켰다. 뭉근한 달콤함이 목구멍을 꽉 채웠다. 재빨리 뚜껑을 닫고 마스크를 올렸다.

마스크 안에 머무르는 숨결에서 달콤한 향기가 났다. 아주 조금은 집을 정리할 용기가 생겼다.

더 라스트 오랜지캡

진우가 속옷 모양의 버튼을 누르자 허공에 홀로그램이 떠올랐다. 마음이 가는 속옷을 골라 손가락으로 홀로그램의 반을 갈랐다. 깨끗이 살균된 속옷이 거울 앞에 놓였다. 진우는 속옷을 갈아입고 외출복 버튼을 눌렀다. 분류 목록에서 작업복을 눌렀다. 70벌의 똑같은 작업복이 홀로그램으로 펼쳐졌다. 진우는 익숙하게 맨 앞에 있는 작업복을 반으로 갈랐다. 숫자가 69로 변했다. 칼같이 다려진 검은 바지와 주황색 셔츠가 거울 앞에 놓였다. 진우는 평소처럼 옷매무새를 다듬고 단추는 맨 위의 하나만 풀었다. 작업복의 왼쪽 가슴에 달린 주머니에는 파란 바탕에 주황색 모자를 쓴 청년이 엄지를 치켜들고 있었다. 진우는 현관을 나설 때면 버릇처럼 왼쪽 가슴 위의 로고를 쓰다듬었다. 그리고 현관문 옆에 걸린 주황색 모자를 덮어쓰고 일터로 나섰다. 모자에는 땀 냄새가 배여 있었다. 진우가 좋아하는 냄새였다. 그 때문에 일부러 모자를 세탁하지는 않았다.

걸어서 멀지 않은 곳에 진우의 직장이 있었다. 이미 작업복은 입고 왔기에 탈의실에 들릴 필요는 없었다. 진우는 장갑을 뒷주머니에 꽂아 넣고 집하장으로 향했다.

100평 남짓 되는 공간인 집하장 벽면의 구멍 사이로 드문드문 상자가 들어왔다. 컨베이어벨트 위로 이동하는 크고 작은 상자는 무게에 따라 자동으로 분류되어 쌓였다. 대략 70여 개 정도의 상자가 들어오고 나서 컨베이어 벨트가 멈췄다. 오늘은 분량이 평소보다 더 적었다. 문이 열리고 한 남자가 들어오며 말했다.

"영감님. 오늘은 이게 다예요."

문을 열고 들어온 남자의 손에는 주황색 끈 뭉치가 들려 있었다. 진우는 자글자글한 손으로 끈을 받으며 말했다.

"얼른 시작하지."

파주에 위치한 오렌지캡의 마지막 택배 물류센터. 이곳은 진우가 60년 넘게 일한 직장이었다.

●

　60년 전 진우가 이곳에 처음 왔을 때는 집하장의 넓이가 지금보다 수천 배는 더 넓었다. 그리고 집하장으로 쏟아지는 물품도 몇 만 배는 더 많아서 그 수를 다 헤아릴 수가 없었다. 대형 트럭들은 물건을 싣고 내리기 위해 줄을 서서 대기했고 그 물건을 내리고 올리기 위해 새벽부터 인력시장에선 사람들을 승합차에 실어 보냈다. 진우의 첫 시작도 그 승합차에 탄 인력 중의 하나였다.

　당시 고등학교 3학년이었던 진우는 수학능력시험에 일부러 응시하지 않았다. 진우는 시험만이라도 칠까 생각도 했었지만, 시험을 치면 점수가 나올 테고 점수가 나오면 성적에 맞춰 대학을 고르고 있을 자신을 보게 될지도 모른다는 것이 싫었다. 대학을 보내지 못할 만큼 집안이 어려운 것은 아니었다. 다만 취미에도 없는 공부를 하기 위해 대학을 가도 될 만큼 넉넉한 집은 아니라 생각했다. 의미도 목적도 없이 남들 다 가는 대학을 가느니 그 시간에 하고 싶은 일을 찾아 매진하고 돈을 벌고 자기 발전에 힘을 쏟겠다며 자신과 부모를 설득했다. 다만 뭐가 하고 싶은지 발견하지 못했다는 건 부모에게 숨겼고 자신에게는 모른 척했다.

　막상 수능 날이 다가오자 진우는 초조했다. 꿈에 대한 뚜렷한 비전이 있는 것도 아니고 뭘 하고 살아야 할지는 대학을 다니면서 생각해도 됐었는데, 괜한 선택으로 삶의 폭만 좁힌 것 아닐까 의심이 됐기 때문이다. 대학생이란 명찰을 거부함으로써 특별한 존재가 될 것 같았지만, 무리에서 따로 떨어져 아무것도 아닌 존재가 될지도 모른다는 생각을 하니 초조를 넘어 겁까지 먹을 지경이었다. 하지만 시험공부도 하지 않았고 심지어 신청도 하지 않았으며 후회는 이미 늦어 1년을 기다려야 한다는 것도 잘 알고 있었다. 그러니 진우에게는 모든 상황이 고민은 많지만 답이 없는 게 답이라는 답답한 상황이었다.

'왜 부모님은 날 말리지 않았지?'

후회도 남 탓도 소용없었다. 중요한 건 그걸 알면서도 안 좋은 생각을 멈출 수가 없는 자신이었다. 그래서 진우는 생각을 잊기 위해 몸을 혹사하는 방법을 떠올렸다.

막노동이 가장 먼저 생각났지만 그곳은 나이가 좀 더 들어야 받아줄 것 같았다. 그다음 순위가 택배 상하차였다. 인터넷에서 조금만 정보를 뒤져도 별의별 무시무시한 후기가 쏟아져 나왔다.

- 나 무슨 식민지 포로로 끌려와 강제노동하는 줄 알았음.

- 단 1초도 못 쉰다. 허리 한 번 펴면 평생 들을 욕 다 쳐 먹는다.

- 약 보름 동안 백만 원 벌어서 45만 원이 병원비랑 파스 값

침 맞는데 들어갔다.

- 젓갈 1000박스 옮긴 사람입니다. 젓 같습니다.

후기는 재미있어 보였다. 여기라면 인생의 번뇌 없이 노동에 집중할 수 있을 것 같았다. 힘든 후기를 보자 호기심이 생겼고 친구들 모두 시험장으로 향할 수학능력시험 당일 진우는 인력사무소로 향했다.

헐렁한 청바지에 후드티를 입고 그 위에 두꺼운 패딩을 덮었다. 왜소한 체격을 감추는 데는 그래야만 할 것 같았다. 사무소장은 진우의 얼굴을 보고는 아래위로 훑었다. 무신경하게 진우의 주민등록증을 요구했고 복사를 한 뒤 자리에 앉아 대기하라고 했다. 그리고 주눅 든 자신을 감추기 위해 큰 옷을 입고 온 사람을 여럿 봤다는 듯이 말했다.

"오늘 오고 내일 안 올 것 같아."

"아니에요."

공기가 이상하게 무거웠다. 진우는 낯설음에 시작 전부터 주눅이 들었다.

30분이 더 지나자 승합차가 왔다. 진우가 승합차에 몸을 싣고 한 시간을 더 달리자 벌판처럼 드넓은 집하장이 나타났다.

정규직원들이 그날 온 인력들을 적당히 나눠서 데려갔고 각자 적당한 포지션에 배치했다. 험한 인상의 직원이 진우의 앞에 서서 말했다.

"야 씨 인력사무소 일 제대로 안하네. 뭔 중학생을 보내왔어. 너 일이나 제대로 하겠냐?"

새벽부터 일어나 일하겠다고 달려온 사람에게 던지는 질문이 너무 당연해서 진우는 아무런 대답도 하지 않았다.

"따라와. 힘든 거 안 시킬게."

진우는 어려 보이는 얼굴과 왜소한 체구 덕분에 물건을 들고 내리는 일은 맡지 않았다. 하지만, 그것이 마냥 좋은 행운은 아니었음을 얼마 지나지 않아 알게 될 터였다.

진우가 받은 포지션은 컨베이어벨트 라인이 합쳐지는 곳에서 왔다 갔다 움직이면서 물류정리와 수량조절을 하는 일이었다. 벨트에 물량이 너무 많으면 기사들이 자기 물건 찾아가지 못하기 때문에 물건이 몰려오면 벨트에서 내려놓거나 바로 옆 라인 기사들이 쉽게 물건을 찾을 수 있게 일부 코드의 물건을 한쪽으로 밀어주어야 했다. 진우는 직접적으로 물건을 들 필요는 없겠지 하고 속으로 기뻐했지만, 그 기쁨은 오래가지 않았고 그 자리의 큰 단점을 알았다. 그 포지션에 있는 사람이 진우 말고는 아무도 없는 것이었다.

벨트에 택배가 너무 많이 올라오면 막히기 전에 라인을 멈춰야 했다. 그걸 대신해줄 수 있는 인원이 아무도 없었다. 혼자서 그 작업을 헤매고 있으면 아래쪽에서 대기하던 사람에게 심한 욕을 들어먹어야 했다.

어려운 일은 아니었지만, 상황파악조차 힘든 첫날 맡기에 쉬운 일도 아니었다. 진우는 덕분에 중간에 잠깐 주어진 새참시간 빼곤 당연히 화장실도 가지 못했다. 사실 땀을 많이 흘리면 소변 생각이 나지도 않는다는 사실도 처음 알게 됐다. 이리저리 움직여야 하는 탓에 겨울인데도 등에는 땀이 찼고 그럴 때마다 두꺼운 파카를 벗었다가 한기가 들면 입기를 반복했다. 그러면 일 처리는 그만큼 더 늦어졌고 허둥댔고 욕을 먹었다. 태어나서 제대로 된 일이란 걸 한 것이 처음이었다. 정신 차리지 못할 만큼 힘들었지만 그래도 그럴 때마다 직접 들고 내리는 게 아닌 게 어디야. 라며 버텼다. 그리고 그 위안은 일하는 시간이 늘어갈수록 조금씩 바뀌어 가고 있었다.

'직접 들고 내리는 일을 하면 죽을지도 모르겠구나.'

일을 다 마치고 집으로 가는 버스를 타기 위해 기다리는 중에 진우의 눈은 이미 초점이 풀려 있었다. 진우의 얼굴을 본 옆 사람이 단번에 알아차렸다.

"처음 왔죠?"

진우는 옆 사람이 자신에게 말을 걸었다는 사실조차 인지하지 못했다.

　진우는 일급 팔만오천 원을 받았다. 돈을 받은 직후 집으로 돌아와 씻고 거의 20시간을 잠만 잤다. 자고 일어난 진우는 허벅지 안쪽이 당겨서 힘을 주기 어려웠다. 삼 일 내내 집안에서 다리를 후들거리며 방귀벌레처럼 파스냄새를 풍기고 다녀야 했다.

●

"근데 이거 진짜 귀찮은 일이잖아요. 영감님은 이거 왜 하는지 모르겠어."

"사람이 마음을 담아 일하고 있다는 걸 보여줘야 한다고. 몇 번을 말했나."

"예. 알죠. 근데 시스템이 다 자동화된 마당에 끈 하나 묶는 일이 그거랑 무슨 상관이 있는지 이해가 안 되니까 그렇죠."

"잔말 말고 일이나 해. 이것도 귀찮아하면 숨은 어떻게 쉬어?"

　진우와 직원은 상자마다 돌아다니며 주황색 끈으로 리본을 만들어 묶었다. 거의 모든 시스템이 자동화되어 있어서 사람이 할 수 있는 일은 고작 이 정도 밖에 없었다. 고객들에게 선물 받는 기분을 느끼게 해 주는 것. 이것도 진우가 겨우 생각해 낸 아이디어였다.

끈을 묶는 동시에 바코드를 살피고 이상이 없으면 리모컨을 눌렀다. 뒤따르던 로봇이 상자를 들어 카트에 담았다. 카트가 가득 차면 로봇은 트럭에 짐을 실으러 갔고 뒤에서 대기하던 다음 로봇이 그 역할을 대신했다. 택배일이 힘들다는 건 말 그대로 옛날 말이었다.

상자는 70개뿐인데 대기 중인 로봇은 8대가 있었다. 진우와 직원의 뒤로 각각 두 대씩 따라다니고 있었고 나머지 네 대는 밖으로 나가 태양열을 쬐며 배터리 충전을 했다. 최근 들어 물량이 확 줄어들면서 놀고 있는 로봇의 모습을 지켜보는 날이 많아졌다.

60년 평생 작업장에서 일만 하던 진우는 할 일 없이 놀기만 하는 사람을 보면 부아가 났다. 그게 로봇이라도 마찬가지였다. 진우는 리모컨을 조작해 충전 중인 로봇을 향해 청소 버튼을 눌렀다. 로봇은 태양열 집열판을 접고 청소도구가 있는 곳으로 이동했다. 충전을 하고 청소를 하나 청소를 하고 충전을 하나 순서는 관계없는 일이었다. 청소는 금방 끝이 날 것이고 로봇은 다시 태양열 집열판을 펼쳐 들고 볕이 잘 드는 곳에 서 있을 것이었다. 진우는 그 꼴을 보기 전에 배달을 나가야겠다고 생각했다.

택배 물량이 줄었으니 필요한 만큼만 남겨두고 로봇을 팔아버리고 싶었다. 로봇 사용료가 고지되는 날이면 당장 나가 햇볕이나 쬐고 있는 로봇을 부숴 고철로 만들어 버리는 망상에 사로잡혔다. 하지만 진우는 로봇의 주인이 아니라 고용주일 뿐이었다. 로봇의 주인은 회사에 로봇을 맡겨 노동을 시키고 그 급여를 대신 받았다. 이미 30년 전에 시행된 법이었다. 정부는 로봇의 대수를 개인당 두 대로 제한했고 기업은 의무적으로 그 로봇들을 고용해야 했다. 처음 그 제도가 시행됐을 때 진우의 사업장은 엄청난 혼란이 왔다. 업무는 효율적으로 돌아가지 못했고 로봇은 잦은 고장과 방전으로 사고를 일으키기도 했다. 로봇을 구매할 자금도 마련하지 못하고 일자리까지 잃은 사람들의 시위도 받아야 했다. 로봇의 주인들은 집에서 하고 싶은 일을 하면서 노동자의 권리에 대해 주장했다. 진우는 그 혼란을 지켜본 산증인이었다. 진우는 그 혼란한 시기에도 여전히 사람만이 해야 할 일을 찾아 회사에서 살아남았다. 용역업체 직원에서부터 회사의 사장까지. 진우의 업적은 한 인간으로서 대단하다고 할만 했다.

시간이 흐르며 기술과 제도가 안정적으로 접어들자 이제는 텔레포터라는 혁신 기술로 택배사업이 사양 산업으로 접어들었다. 물량이 몇 만 분의 일로 가루가 난 지금에도 여전히 고용의 의무는 부과되고 있었다.

"야 너 어디 가냐?"

"사장님. 제가 오늘 스타크래프트 설명회가 있어서 조기 퇴근 신청했는데요. 홍진호 장인도 참관한대요. 사장님도 가실래요?"

"됐다. 그 사람 아직 안 죽었냐? 너나 가라 이놈아. 일은 어떻게 해."

그나마 이제는 일할 사람 구하기도 어려웠다. 사람들은 일을 하지 않고도 기본적인 생활이 가능해졌다. 욕심나게 가지고 싶을 만큼의 무언가가 있지 않은 이상 일부러 일하려는 사람은 없었다. 마음에 안 드는 직원이지만 데리고 있는 게 나았다.

'이젠 진짜 이젠 관둘까.'

진우는 한숨을 쉬며 트럭에 올랐다. 트럭에 올라 내비게이터의 정리 버튼을 눌렀다. 현재 위치를 기점으로 가장 가까운 곳부터 차례대로 목록이 떠올랐다. 출발 버튼을 눌렀고 차는 나지막이 엔진 소리를 내며 목적지를 향해 움직였다. 진우는 팔짱을 끼고 생각을 가라앉히려고 애썼다.

●

진우는 삼 일 내내 후들거리는 다리에 파스를 붙였다. 머릿속에는 인력소장의 말이 떠나지 않았다. 관상만 보면 다 안다는 식으로 거만하게 하루만 하고 오지 않을 사람 취급을 한 것이 분했다. 그리고 덜덜거리는 몸 상태가 그의 말을 정답으로 만들어 주는 것이 더 분했다.

진우는 자신이 대학을 가지 않는 것을 선택했다고 믿었다. 능력이 부족하거나 혹은 힘들어서 도망치는 사람으로 보이고 싶지 않았다. 그래서 선택한 것이 택배인력사무소를 찾은 것이었다. 하지만 그 믿음이 단 하루의 노동으로 무너졌고 인력소장에게 밑천을 간파 당했다는 생각을 하니 분함과 무기력이 함께 찾아왔다. 여기서 도망치고 다른 일을 알아본다면 사람들에게 대학을 선택하지 않은 것도 도망치기 위함으로 여겨질 것 같았다.

진우는 택배일의 힘듦부터 인정해야 했다. 그 확신을 증명할 방법으로 여러 친구를 꾀어내기로 마음먹었다. 시험이 끝나고 긴장이 완전히 풀어져 잉여로 사는 친구들에게 돈 버는 일을 권하자 솔깃해져 따라왔다. 진우는 하루 일급 팔만 오천 원을 이야기하며 할 만하다며 친구들에게 말했다. 파스 값으로 삼만 원을 날리고 삼일을 다리가 후들거렸다는 건 당연히 이야기하지 않았다.

결과는 그가 짐작하던 것보다 훨씬 더 성공적이었다. 함께 온 친구들은 새참시간이 되자 죽음을 직감했다며 난리를 피웠고 또 어떤 친구는 눈물과 콧물이 범벅 되서 허리통증을 호소했다. 그리고 진우를 제외한 나머지 네 명은 작당을 하고 새참시간이 끝나기 직전에 화장실을 빙자해 줄행랑을 쳤다. 물류창고이자 집하장은 시내 외곽에서도 훨씬 더 들어간 외곽이었다. 죽음을 직감했다는 친구의 아버지가 오후근무를 제쳐두고 울먹이는 아들과 그의 친구들을 데리러 먼 길을 와야 했었다.

그 날이 힘들었던 건 진우 역시 마찬가지였다. 끊임없이 쏟아지는 상자와 쌀 포대 생수가 아무리 옮겨도 줄어들지 않는 것 같은 착각을 불러일으켰고 끝내 어설프게 옮기던 쌀 포대를 찢어먹어서 일급에서 까야 하는 사태가 벌어지기도 했다. 손마디에 감각이 사라졌고 다잡은 마음과는 다르게 다리도 후들거렸다. 그래도 진우는 끝끝내 작업시간을 다 채웠다. 남들과 다른 선택을 했다면 달라야 한다고 자신을 다그쳤다. 달리기로 치면 숨이 턱까지 찰 만큼의 상태로 겨우 결승선을 넘은 수준이었지만 진우는 완주라는 경기결과에 만족했다. 그리고 자신을 칭찬했다. 집으로 가는 길에 진우의 눈에서는 눈물이 났다. 업체 직원이 빌려 준 봇짐에 한가득 쌀이 들어있었다. 그 무게가 얼마나 무거운지 짊어지고 움직이기 힘들 정도였다. 진우는 단 하루 체력을 불사른 대가로 한 달 온 가족이 양껏 먹을 쌀을 짊어지고 집으로 돌아가는 자신이 대단하게 생각됐다. 그 눈물은 마치 열 달이라는 인고의 시간을 좁은 자궁 속에서 살다가 세상 빛을 본 것과 같은 성취감이었다. 그 눈물의 염도는 비슷하게 짰다.

다음날 학교로 간 진우는 힘들어 죽는 줄 알았다며 친구들 앞에서 겸손 섞인 너스레를 떨었다. 그리고 전날 번 일급이라며 엄마에게 받은 쌀값으로 떡볶이와 순대 김밥 어묵 풀세트를 친구들에게 대접했다. 자기 힘으로 일궈 낸 그 부유한 식탁이 참으로 흡족했다.

그 길로 진우는 성실한 택배맨이 되었다. 이 전보다 밥은 두 배로 먹었고 열 배로 움직였다. 그 동력은 역시 돈이었고 성실한 만큼 쌓이는 통장의 숫자가 흡족했다. 또래들과 달리 대학 생활도 모르고 연애도 하지 않고 배움도 멈췄다는 것이 새삼 불안할 때도 있었다. 그럴 때마다 진우는 폰뱅킹을 열어 잔고를 확인했다.

'나는 특별하다. 누구는 반절도 못 버티고 도망치는 일을 매일 견디고 살아남는다.' 고된 일을 마치고 치킨을 사 들고 집으로 들어갈 때면 진우는 말 못할 만큼 묘한 기분에 사로잡혔다. 아파트 승강기 안이 자신의 손에 들려있는 치킨박스가 풍기는 냄새로 가득 찰 때면 그 냄새의 주인이 자신이라는 사실에 승자의 미소가 지어졌다. 따끈따끈한 닭다리의 두툼한 살을 한입 베어 넘기고 김치냉장고에서 갓 꺼낸 맥주를 머리가 쨍한 느낌이 올 때까지 들이키고 나서 탄성을 내뱉을 때 하루 동안 쌓인 피로는 모두 치유됐다. 진우는 그 단순한 행복이 진심으로 즐거웠다.

단순 노동이 지겨워질 때쯤에 진우는 군대 영장이 나오기 전에 자원입대를 했다.

군대에서 진우는 대학에서 공부하다 온 사람들과는 확연히 다른 대접을 받았다. 그야말로 날아다닌다는 표현이 어색하지 않을 만큼 부대의 작업을 휘저었다. 사회생활을 먼저 해 본 사람답게 아래위로 정도를 지켰고 예쁨 받는 후임과 존경받는 선임으로 무사히 군 복무를 마쳤다.

진우는 1종 면허를 따고서 다시 오렌지캡으로 복귀했고 진짜 오렌지색 모자를 쓰고 정식 사원이 됐다. 이미 50년도 훨씬 지난 이야기였다. 택배는 영원할 줄 알았다. 의심조차 하지 못했다.

●

진우는 본격적으로 배달하기에 앞서 점심을 먹기 위해 맥도날드 박스 앞에 섰다. 치즈버거 세트 런치 할인메뉴를 누르고 지문으로 결제했다. 결제를 하고 몇 초 지나지 않아 갓 만들어진 치즈버거세트가 박스로 전송됐다. 뜨거운 패티의 온도까지 갓 만든 그대로였다. 진우는 박스에서 세트를 꺼내고 차로 돌아와 치즈버거를 한입 베어 물었다. 뜨거운 패티에 녹아내린 치즈가 혀에 와 닿았다. 짭짤한 맛과 향의 풍미가 입 안 가득 머물렀다. 맛있다. 진우는 그게 짜증나고 싫었다. 패배를 인정하지 않을 수가 없었기 때문이다.

이 갓 만든 치즈버거는 진우가 있는 곳에서 세 시간 차를 타고 가야 도착할 수 있는 맥도날드 키친에서 만들어 진 것이었다. 점포에는 먹을 자리만 있을 뿐 음식을 만드는 키친은 지역을 거점으로 한군데씩 있다. 그곳에서 만들어지는 음식은 박스를 통해 전송됐다.

3D프린터 기술이 기반이 된 이 전송법은 질량을 분자로 전파화 시켜서 박스 안의 시공간을 그대로 전송해 옮겼다. 외계의 기술이라고 불리는 이 기술은 10년 전에 노벨과학상을 받은 이

호중 박사가 국민들을 위해 대한민국에 특허권을 넘겼다. 이 기술로 인구 고령화와 경제위기로 망해가던 대한민국은 전 세계에서 들어오는 로열티로 세계 경제규모 3위의 강국이 됐다.

덕분에 필연적으로 택배업계가 망했다. 모든 물건을 순간에 전송할 수 있는 기술 앞에 택배는 필요 없는 구시대의 유물이 되었다. 진우는 기술의 발전이 하나도 반갑지 않았다.

진우는 치즈버거를 씹으면서 맛이 좋다고 느낄수록 스트레스 지수가 늘어나는 것 같았다. 차마 음식을 다 먹지 못하고 비닐에 담아 소형 프린터 박스에 넣고 음식물 쓰레기장을 전송지로 설정하고 버튼을 눌렀다. 햄버거가 음식물쓰레기장으로 전송이 끝나자 진우는 배달을 시작했다. 내비게이터는 첫 번째 장소로 차를 몰았다.

진우에게는 아주 오래 전 금성전자에서 만든 선풍기 앞에서 바람을 가렸다는 이유로 지금은 이미 유명을 달리한 형에게 맞았던 기억이 있었다. 또 온몸에 물을 잔뜩 끼얹고 선풍기 고개가 돌아가는 방향을 따라 왔다 갔다 더위를 식히면서 선풍기 없던 옛날에는 어떻게 살았냐고 아버지에게 물었던 기억도 있었다. 기계가 만들어 낸 바람에 감탄하던 어린아이는 80의 노인이 되기까지 새로운 문명의 혜택이 세상에 공개될 때마다 무덤덤한 감탄을 반복해야 했다.

진우는 없어도 되는 물건에 큰 의미를 부여하며 거금을 들여서라도 사야 직성이 풀렸던 엄마를 떠올렸다. 그녀는 물건을 살 이유가 없으면 만들어냈다. 그 이유 덕분에 시간이 흘러 필수품의 얼굴을 하는 것도 있었지만 대부분이 창고에 처박혀 먼지만 쌓다가 버려졌다. 그것들이 버려질 때는 그의 엄마가 남편이 알지 못하게끔 조용히 처리 했다.

남자는 엄마와 비슷한 여자를 만난다는 속설이 진짜인지 모르지만 진우의 아내 또한 자신의 엄마와 비슷했다. 신혼집에는 온갖 제품들이 가득했다. 진우의 눈에는 대체로 불필요해 보였다.

가습기, 비데, 정수기, 연수기, 공기청정기, 제습기, 안마의자, 스타일러 등등 없어도 살았던 것들은 저마다의 이유로 공간을 차지했다. 그리고 마지막엔 꼭 이런 말을 했다.

"이거 없으면 이제 못사는 시대가 됐죠."

"네?"

"옛날 생각이 나서요. 물건 시켜놓고 인터넷으로 확인하면서 배송경로 확인하고 택배 아저씨만 기다리고 그랬거든요. 그러다가 택배 아저씨가 택배요 하면 반가워서 뛰쳐나가서 받고 그랬죠."

"텔레포터는 그런 맛이 없죠."

"나는 택배 아저씨가 꼭 있어줬으면 좋겠어요. 누가 내 집 문을 두드리고 나를 찾아주는 일이 이제는 없거든요. 가끔 정말 사람이 내는 소리가 그리울 때가 있어요. 그리고 말이죠. 내가 뭘 주문하는지 텔레포터가 다 체크를 하잖아요. 나는 그게 정말 싫어요. 어린애도 아니고 허락 받아야 하냐고. 이번에 이 초콜릿 주문도 텔레포터로 하니까 승인 불가래요. 내가 초콜릿을 너무 많이 먹고 있다나 뭐라나."

"건강 생각해서 그런다고 하잖아요. 우리 나이에는 적당히 먹어야죠."

"몰라요. 이제는 사는 것도 재미가 없어. 왜 그런지 도통 모르겠네요. 이렇게 놀 거리가 많은데도 말이에요."

"일하세요."

"아유. 뭘 또 그런 소릴."

 일하기 싫어 놀면 노는 게 일이 되어버린다. 진우는 그런 사람을 많이 봤다. 일하지 않아도 되는 시대가 왔지만 제대로 노는 사람은 드물었다. 이미 오래된 사회문제였다. 일하는 마음으로 노는 사람들. 전혀 행복해 보이지가 않았다. 진우는 고객과 적당히 더 말을 섞다가 다음 집으로 몸을 옮겼다.

 텔레포터는 필연적으로 누가 무엇을 주문하는지 기록이 남을 수밖에 없었다. 처음엔 사람들의 반발이 심했지만, 워낙 혁신적인 기술이라 나중에는 거리낌이 없어졌다. 알고리즘을 파악하고 데이터화 시켜 건강이며 생활 패턴의 문제를 진단하는 데 적극 활용됐다. 기술의 편의가 사람의 마음을 몽땅 집어삼켰다. 하지만 아무리 편해진다 해도 거기에 적응하고 싶지 않은 사람들도 있었다. 어떤이는 개인정보를 지키려 택배를 이용했다. 어떤이는 옛 향수를 그리워했다. 그런 부류는 겹치는 경우가 많았다. 특징은 배송지가 실버타운에 몰려 있는 경우가 많다는 것. 배달은 쉬워졌지만, 진우에게는 기쁜 일이 아니었다. 택배의 시대는 이제 정말 얼마 남지 않았다고 생각했다.

    사회는 시스템의 통일을 원했다. 데이터의 오차범위가 생기는 이유도 택배를 비롯한 과거의 관습에서 벗어나지 못한 사람들 때문이라고 문제의 원인을 돌렸다. 진우는 평생을 투신한 직장이 그런 취급을 받게 되리라곤 꿈에도 생각하지 못했다. 사람들은 언제나 택배 기사를 기다렸다. 그것도 목이 빠지게 말이다. 그것이 진우가 일을 계속하게 만드는 원동력이었다. 기다림에 지친 사람에게서 욕을 먹는 일도 부지기수였다. 진우는 그것조차 관심으로 여기고 즐겼다. 진우에게는 수많은 감사를 받았던 지난 세월이었다. 지금까지도 소수이긴 하지만 자신을 기다리며 고맙다 말하는 사람이 있었다. 하지만 변해버린 세상에게는 대수롭지 않은 일이었다. 대부분의 사람들이 텔레포터를 이용하며 택배업을 비난했다. 택배업을 가르켜 세상에 불확실을 초래하고 인류에게 위협이 될지도 모른다며 마지막 남은 택배회사인 오렌지캡을 향해 비난의 화살을 날렸다.

    진우는 일할 때 항상 그랬던 것처럼 라디오를 틀어놓고 팔짱을 꼈다. 미디어의 홍수 속에서도 라디오가 없어지지 않은 이유는 진우처럼 그것을 필요로 하는 사람들이 많았기 때문이었다. 업무 규율 상 배달 중에는 라디오를 듣는 것 외에는 아무것도 할 수가 없었다. 진우는 대화를 주고받듯 라디오에서 흘러나오는 말에 혼잣말을 더했다.

[오류 알러지가 심해지고 있어요. 개선책이 필요합니다. 아니. 없애는 게 훨씬 이롭습니다.]

'호들갑 떨지 마. 그냥 택배일 뿐이야.'

[완벽은 인류의 과업입니다.]

'어차피 너희들 다 죽어. 다 죽는다는 것만이 완벽한 사실인 거야. 나는 그냥 택배 아저씨라고. 완벽하지 않았어도 지금까지 살아남았단 말이야.'

[통일되지 않은 상태를 지켜보는 것이 괴로운 사람들이 많아지고 있어요. 편리함을 지향하는 것은 인간의 당연한 욕구 아니겠어요? 불안한 요인은 없애야죠. 사람의 마음을 헤아릴 줄 알아야 합니다.]

'나도 사람이야. 내 마음도 좀 헤아려 달라고.'

라디오의 내용에 화가 난 진우는 전파를 차단해 버렸다. 전파 차단은 업무규율위반이었지만 사장인 그는 신경 쓰지 않았다. 채널을 통해 공지를 하달하는 일을 본인이 하기 때문이었다.

특히나 오늘 일하는 사람은 진우 자신뿐이었다.

한참 전에 배달한 곳에서 사고 소식이 들렸다. 요즘 세상에 도시에서 재해는 흔치 않은 일이었지만 대수롭지 않게 마지막 택배를 집었다. 진우는 마지막 택배를 고객에게 건네주고 가벼운 발걸음으로 계단을 내려왔다. 일과를 끝내고 집으로 돌아가는 길은 은근한 중독성이 있었다. 기분이 좋아진 진우는 건강 때문에 자제하라는 치킨을 사 들고 집으로 들어가리라 마음먹었다. 위가 쪼그라든 건지 입맛이 변한 건지 예전처럼 혼자서 한 마리를 다 먹지도 못하고 한 두 조각 먹고는 손을 털지만 후라이드 치킨 냄새가 풍기는 풍요로움을 오랜만에 느껴보고 싶었다. 진우는 눈앞에 텔레포터 박스를 지나쳐서 가장 가까운 치킨 가게로 차를 몰았다.

진우는 자동운전모드도 풀고 직접 차를 몰았다. 이것은 운송업을 하는 사람의 특권이었다. 진우는 오랜만에 사람에게서 직접 물건을 받아 보고 싶었다. 그리고 고맙습니다. 라는 말도 사람의 얼굴을 보고 전하고 싶었다. 진우는 하고 싶은 대로 20분을 차를 몰아 도착한 치킨 가게에서 주문을 하고 기다렸다. 젊은 사람들에게는 상상하지 못할 만큼 의미 없고 귀찮은 일이었다.

진우는 갓 튀겨진 치킨을 받아들고 트럭에 몸을 실었다. 차 문을 닫자 치킨냄새가 무섭게 차 안을 가득 메웠다. 스마트 시스템에서 탈취 경보를 알렸다. 진우는 수동으로 알람을 껐다.

'이건 좋은 냄새야. 멍청한 녀석아.'

진우는 콧노래를 부르며 집으로 차를 몰았다. 갑자기 예상치 못한 전파가 끼어들어 저절로 차가 멈췄다. 경찰 헬기에서 날아온 EMP탄이었다. 자동차의 모든 전자부품이 꺼졌지만 미리 수동운전을 하고 있었던 탓에 자동차는 여전히 고속주행 중이었다. 경찰 헬기가 진우의 차 위에 떠다니며 경고의 메시지를 보냈다.

"경고한다. 멈추지 않으면 발포한다. 즉시 차를 멈춰라."

급정거 하는 바람에 치킨박스가 뒤집어져 닭다리와 가슴살이 밖으로 튕겨 나왔다. 진우는 어리둥절한 표정으로 창밖을 내다봤다.

"테러범은 머리에 손을 올리고 밖으로 나와라."

저소음 헬기는 공중에서 여전히 그의 트럭을 향해 총구를 겨누고 있었다. 진우는 당황한 표정으로 머리에 손을 올리고 트럭에서 내렸다. 로봇이 먼저 달려들어 사지를 제압했고 그다음에 경찰관이 진우의 손목에 수갑을 채웠다. 80살 먹은 테러범이 보여줄 수 있는 액션은 당황하는 표정이 전부였다.

진우가 오늘 배달한 택배 중에 4번째 박스에서 폭발물이 터져 정책문제연구센터의 대학생 인턴 여직원이 죽고 나광국 박사를 비롯한 센터 직원 8명의 사상자가 발생했다. 유력한 용의자로는 당연히 오렌지캡의 사장인 진우가 지목됐다. 심지어 부하 직원까지 따돌리고 배달까지 직접 했다.

　정책문제연구센터는 완벽한 시스템의 통일을 목표로 하는 정책기관이었다. 그들은 구시대의 유물을 추종하는 사람들이 사회 질서를 헤친다며 주장했다. 당연히 오랜지캡도 그들의 제거 대상이었으며 시스템 밖에서 자유를 추구하는 사람들과 대척점을 이루고 있었다. 이번에 벌어진 테러를 진우의 소행으로 연결시켜 추측하기에는 무리가 없었다.

　진우는 단순히 배달을 했을 뿐이었다. 하지만 폭탄 테러에 대한 책임을 면하기 어려웠다. 미리 발신지를 확인했어야 했고 텔레포터였다면 안의 내용물이 폭발물이라는 걸 정확히 파악할 수 있었기 때문이었다. 진우의 직위는 택배회사의 사장이었고 이권의 직접적인 관계자였으며 그 물건의 직접적인 배달부였다.

　비상식적으로 시스템을 거부하는 사람이라며 진우에 관한 대대적인 언론 보도가 쏟아졌다. 사건 당일에도 텔레포터를 이용하지 않고 일부러 차를 몰아 주문하는 방식을 취하며 자동모드를 풀고 수동모드로 운전했던 진우의 행동을 근거로 들었다. 사실의 전달이란 얼굴을 하고 있었지만, 진우에게는 무차별 공격으로 느껴졌다.

　진우를 정신질환으로 분석하는 학자도 있었고 옛 향수에 집착하고 도태를 추구하는 기술거부자로 부르는 사람들도 있었다. 간혹 다양성의 측면에서 진우를 옹호하는 발언이 나오기도 했지만 죽음의 위협과 불안 앞에서 여지없이 묵살됐다.

●

결론적으로 진우는 무혐의로 밝혀졌다. 폭탄을 배달했을 뿐 직접적인 연계성을 찾을 수 없었다. 발신처 확인이 불분명해서 보낸 이가 누구인지 알 수 없는 것이 회사의 책임이기도 했지만 진우가 폭탄을 보내 사람을 죽였다는 논점과는 다른 문제였다.

정책문제연구센터의 경영난이 심각했다는 것과 이후 직원, 건물, 등의 과도한 보험 가입이 문제로 제기되어 수사는 다각도로 조용히 진행됐다. 진우는 혐의에서 벗어났지만 진우의 세세한 생활까지 파헤치며 그를 만신창이로 만들었던 언론은 진우의 무혐의를 무성의하게 보도했다. 세상의 많은 수의 사람들은 진우의 이름 옆에 테러범이라는 꼬리표를 따라 떠올렸다.

진우가 조사를 빋는 3개월의 시간 동안 회사는 사람 하나 없는 공간이 되었다. 항상 그 자리에서 손톱을 다듬으며 웹서핑을 하던 미스 김은 퇴직 신청을 하고 집에서 웹서핑을 했다. 모든 직원의 마지막 근황은 퇴직 두 글자밖에 없었다. 그런데도 회사는 깨끗했다. 매뉴얼에 맞춰 움직이는 로봇은 자가 충전을 하면서 청소와 정리를 쉬지 않은 까닭이었다. 사람 하나 없는 넓은 공간이 먼지 하나 없이 깨끗하게 유지되고 있는 풍경을 보면서 진우는 기력이 다 소진됐다. 더는 힘이 없었다. 세상에 대한 이해를 멈추고 싶었다. 누구를 위한 청소인지 누구에게 어떤 설명을 해야 하는가.

진우는 주차장에 세워진 자기가 마지막으로 탔던 배달트럭의 문을 열었다. 눈앞에 펼쳐진 건 실로 오랜만에 보는 광경이었다. 치킨 위로 형형색색의 곰팡이가 자라나 있었다. 어찌 된 영문인지 알 수 없는 노릇이었다. 진우는 두고 내린 치킨이 이런 모습으로 변해있을지 상상도 하지 못했다. 코를 틀어막았지만 눈으로 치킨에 피어난 곰팡이를 바라보며 생각했다.

'아름답다.'

청소구역에서 상한 음식을 감지한 로봇들이 일제히 트럭으로 몰려들었다. 로봇을 막을 힘도 막을 이유도 없었다. 하지만 설명할 수 없는 분은 어떻게든 풀고 싶었다. 진우는 로봇의 뒤통수를 힘껏 쳐버렸다. 겨우 그것밖에 할 수 없었다. 진우는 당국과 약속한대로 마지막을 준비했다.

고객 여러분 그리고 국민 여러분.

먼저 저희 오렌지캡을 사랑해 주셨던 그리고 애용하셨던 고객들에게 진심으로 감사의 인사를 올립니다. 여러분이 있었기에 지금까지 저희 오렌지캡이 달려올 수 있었습니다. 그래서 더 고객 여러분께 아쉬운 소식을 전해드린다는 것에 가슴이 아픕니다. 오늘 저희는 오렌지캡 70년 역사에 마침표를 찍으려

합니다.

급변하는 시대의 변화에도 저희 오렌지캡은 저희만이 할 수 있는 일을 찾아 고객 여러분과 함께 했습니다. 하지만 이제는 기술에 저희의 역할을 양보하려 합니다. 아쉬운 마음이 가득하지만 당연한 세월의 흐름이라 여기고 받아들이겠습니다.

저는 60년 전에 처음으로 오렌지캡에 입사를 하였습니다. 젊은 시절 청춘을 여기에 모두 바쳤고 40년째에 사장직까지 올라 성공도 맛봤습니다. 결혼을 하고 자식을 키우는 모든 인생의 업적을 택배를 통해 이루었습니다. 언제나 저희를 기다리며 물건을 받고 웃음 짓는 고객의 미소에 힘을 내며 열심히 일했습니다. 제가 하는 일이 늘 자랑스러웠고 누군가에게 도움이 되는 일이라는 생각에 뿌듯했습니다. 그 마음만큼은 죽는 날까지 품고 살겠습니다.

저희는……

마지막으로 준비한 발표문을 읽어 내려가던 진우는 눈물로 다음 말을 잇지 못했다. 그것은 그대로 전파를 타고 오렌지캡 홈페이지에 올라갔다.

몇몇 사람이 홈페이지에 있던 발표를 공유했다.

텔레포트 나오기 전에는 자주 사용했었는데 아쉽네요. RT @영상보기

어쩔 수 없긴 하지만 그래도 짠하네요. RT @영상보기

3분이 조금 넘는 영상을 끝까지 보는 사람은 많지 않았다. 영상은 그리 많이 공유되지 않았다.

노와 비 (奴와 婢)

누가 맨 먼저 대석이를 개동이로 불렀는지 알 수가 없었다. 그는 사람들이 자신을 가리켜 개동이라 불렀기에 개동이라는 소리가 들리면 대답을 했다.

"저거 개똥이 아들 아닌가."

"아 개똥이 아들이여? 아비 닮았으면 독한 놈이 것 구만."

"고놈보다 덜 독해야지. 저놈은 덜 독하라고 개동이라고 부름세."

"아 개똥이 아들 개동이? 허허."

자신의 아들이 개똥에서 파생된 이름인 개동으로 불리어질 동안 개동이의 아버지 개똥이는 아무런 역할도 할 수가 없었다. 이미 군역으로 끌려가 접경 지역의 전쟁에서 오랑캐들에게 목숨을 잃은 후였기 때문이었다. 개동이의 아버지 개똥이는 전쟁터로 끌려간 수많은 남자 중에서 고향으로 다시 돌아오지 못한 수많은 남자 중에 하나가 되었다. 시신도 확인하지 못했기 때문에 죽음조차 확실하지 않았다. 돌아오지 않았으니 죽었다 말할 뿐이었다. 개똥이의 목숨 값으로 개똥이네는 주인집으로부터 쌀 한 말을 받았다. 그 덕분에 그해 겨울은 다른 집보다 배고픔이 덜했다. 하지만 겨울의 끝에는 개동이의 집도 장독의 바닥을 드러냈다.

장독을 긁어 쌀 한 톨까지 탈탈 털어 마지막 밥을 짓던 개동이 엄마는 집으로 돌아오지 않은 남편에게 감사의 안부를 전했다. 당신 덕분에 지독한 흉년임에도 불구하고 대석이와 배고프지 않은 겨울을 보냈다고. 전쟁터에서 남편이 살아 돌아온 옆집 남철이네는 되려 먹을 입이 늘어난 탓에 더 빨리 곡식이 바닥났고 지난주에는 기어이 시름시름 앓던 셋째 딸과 막내아들의 장례를 치렀다고. 당신 덕분에 대석이와 나는 다른 집들보다 덜 배고팠다고. 개동이 엄마는 들을 수도 없는 사람에게 근황을 전하며 매운 연기가 나는 아궁이 앞에서 주룩주룩 눈물을 흘리며 마지막 밥을 지었다.

조선시대의 노비는 소 다음가는 재산이자 거래의 대상이었다. 개동이 엄마처럼 일찍 남편을 잃은 여자는 다시 중매 시장으로 나왔다. 무엇보다 개동이의 엄마는 아직 젊었고 외모도 나쁘지 않았다. 일도 잘했고 눈치도 빨랐다. 아들을 낳은 전력도 있기에 셈을 더 받을 수 있는 좋은 비(婢)였다. 문제는 개동이었다. 값을 쳐주며 사려고 하는 쪽에서 개동이를 받으려고 하지 않았다. 고작 여섯 살의 아이였다. 일을 시켜 효율을 내기에 턱없이 부족했다. 얼마를 더 먹여 키워야 할지 계산해 보면 안 데려오는 게 좋았다. 집안의 노(奴)에게 처녀를 짝지어주지 못할망정 혹을 하나 붙여 가는 게 싫다 했다. 모자를 떼어놓는 것이 천륜을 어기는 것이기는 했으나 노비에게 천륜은 부차적인 문제였다.

어쩔 수 없이 개동이 엄마는 홀로 산 넘어 옆 마을로 가야 했고 개동이는 다른 부락의 노비네에서 맡아 키우기로 했다.

"우리 팔자가 이렇다. 그래도 죽기 살기로 살아라. 대석아."

엄마가 개동이에게 남긴 마지막 말이었다.

울고불고 슬픈 사람은 비와 비의 아들인 탓에 노가 된 두 사람뿐이었다. 그래서 슬퍼할 시간도 충분히 받지 못했다. 엄마는 빠른 걸음으로 눈물을 훔치며 산을 넘어가야 했다.

개동이는 괄괄하던 아버지 개똥이보다 순하라는 뜻에서 개동이로 불리었지만 주변 사람들의 기대와는 다르게 아버지 보다 더 포악하고 성질이 사납게 자라났다. 개동이는 순번에서 밀려

나고 배제되고 자신의 몫을 못 받을 때마다 어머니가 남긴 마지막 말을 떠올렸다. 그래서 어떤 이가 보기에는 죽기 살기로 살려는 개동이가 때때로 죽으려고 사는 사람처럼 보이기도 했다.

 개동이가 힘이 세거나 싸움을 잘하는 것도 아니었다. 그게 더 개동이를 독종으로 보이게 만들었다. 무엇보다도 버릇이 없었다. 양반이든 나이가 많은 윗사람이라고 예의를 차리는 일도 없었다. 그런 탓에 주인도 많이 바뀌었다. 개동이는 매도 무서워하지 않았다. 버릇없게 치켜뜨는 눈은 매를 맞을수록 더 심하게 뒤집혔다. 후두려 패다 질려서 나가떨어진 양반이 한둘이 아니었다. 결국엔 재수 없다며 피해버리고 무시하는 것이 그들이 개동이에게 취할 수 있는 마지막 형벌이었다.

●

 추월산 자락을 따라 맨 마지막으로 나오는 산촌을 지나 산으로 들어가는 골짜기에서 북향으로 산속 깊이 가다가 얼마나 걸었는지도 모를 만큼 가다 보면 큰 계곡이 나온다. 계곡 뒤편 동굴로 들어가서 삼만 보를 더 걸어 들어가면 촌락이 나오는데 워낙 골짜기에 위치한 곳이라 관가의 영향이 미치지 않는 곳이었다. 그곳을 월광암이라 했다. 달빛도 보이지 않는 곳. 달빛도 숨어서 찾을 수 없는 곳. 거기에는 소박하지만 인심 좋은 사람들이 모여 살았다. 그곳은 천한 사람들의 이상향 같은 곳이었다.

일할 힘만 있다면 밖에서 무슨 짓을 하다 왔든, 신분이 무엇이든 상관없이 묵을 자리를 내어준다 했다. 양반도 없고 노비도 없다고 했다. 욕심내지 않고 자연을 벗 삼아 자연이 내어준 것을 받아 살아가면 오래도록 행복하게 장수하는 곳이었다. 개동은 그곳에서 아이를 낳아 키우며 살아가고 싶었다. 첫째, 둘째, 셋째, 땅과 자연이 허락한다면 마음껏 낳아 키우고 싶었다.

'거기라면 좀 다를 거다. 여기만 아니라면 괜찮을 거다.'

자신에게 떠맡겨진 일거리와 대가도 없을 노동에 진절머리가 날 때쯤 개동이는 탈주를 생각했다. 개동이는 장에서 떠도는 소문들을 주워듣고 월광암을 찾아 달리기 시작했다.

처음 마을을 벗어나 도망을 치던 날을 개동이는 잊지 못한다.

개동이는 모두 잠이 들 때를 숨죽이며 기다렸다. 도망치려고 주의를 기울이니 주변의 사소한 소리까지 모두 평소와 다르게 들렸다. 칠흑 같은 어둠이 깔리고 달빛조차 어두운 밤이 되자 개동이는 낮에 숨겨둔 봇짐을 찾아 몸을 한껏 웅크린 채로 길을 나섰다. 그 첫 걸음에는 여태껏 겪어보지 못했던 개운함이 있었다. 가슴을 무겁게 짓누르고 있던 커다란 돌덩어리가 깃털처럼 가볍게 변해 몸이 날아갈 듯이 가벼웠다. 잡히면 어쩌나 하는 불안과 내 일을 대신해야 할 다른 노비들에 대한 미안함. 그럼에도 불구하고 고된 노동으로 자신과 얽혀 있던 너저분한 인간관계에서 해방된다는 유쾌함은 전에 느껴보지 못한 기분을 만들어냈다. 불안함에 죽을 것 같았지만 소리라도 지르고 싶을 만큼 기뻤다. 시원한 밤공기가 폐 속으로 들어왔다. 들숨과 날숨 모두 달콤했다. 사소한 소리에도 소스라치게 놀랐지만 입술 사이로 삐져나오는 히죽거리는 소리를 참을 수가 없었다. 개동이의 인생에서 내어보는 최대치의 용기였고 인생 처음 느껴보는 최대치의 해방감이었다.

개동이의 일탈은 언제나 그리 오래가지 못했다. 노비들의 도주로를 손바닥 보듯 꿰고 있는 만식이에게 며칠 지나지 않아 잡혀왔기 때문이었다. 잡혀 오면 다른 노비들에게 둘러싸여 멍석을 몸에 말아두고 몽둥이로 주변이 먼지로 자욱할 때까지 두드려 맞았다. 개동이를 두드려 패던 사람들은 힘이 다해 축 늘어진 개동이를 나무에 거꾸로 매달았다. 시간이 삼십 분 쯤 흐르면 머리로 피가 쏠려 깨어질 듯이 아파왔고 두 눈의 실핏줄이 터져 새빨갛게 변했다. 그쯤 되면 형벌을 내리던 양반들도 고개를 돌렸다.

"이만하면 저 천한 놈도 알아먹었겠지."

헛기침을 한 번 하고 너그러운 군자의 모습이 되어 하인들을 시켜 숙소에 뉘이도록 명했다.

호된 매질이 있고 나면 개동이도 잠시간은 말 잘 듣는 보통의 노비들과 똑같은 모습이 되었다. 매질의 통증이 사라지고 상처의 딱지가 굳어 떨어지고 새살이 돋아나면 개동이의 탈주 욕구는 본능처럼 고개를 들었다.

도망의 첫발. 사방이 어둡고 조용해졌을 때의 적막. 폐 속으로 욱여넣은 시원한 밤공기는 아편보다 더한 쾌감을 불러일으켰다. 모두가 숨죽인 밤에 한 모금 공기를 들이켜 보면 맞아 죽어도 도망가야겠다는 확신이 몸과 마음을 지배했다. 개동이는 달렸다. 그리고 만식이에게 잡혀 왔다. 잡혀 온 횟수가 늘어날 때마다 매질의 강도도 심해졌다.

개동이는 그 끔찍한 반복을 수회나 계속했다. 그러는 사이에 개동이도 부부의 연을 맺었고 부부 사이의 자식도 생겼다. 그럼에도 개동이는 여전히 추월산을 바라봤다. 그리고 달렸다.

●

달래는 눈망울이 또렷하고 티 없이 고운 피부를 타고났다. 사근사근한 목소리는 상대방의 마음을 편하게 해 주다가도 웃을 때는 까르르 해맑았다. 그 웃음을 들으면 옆에 있는 사람도 기분이 좋아졌다.

달래는 어여쁜 외모와 기품을 타고났다. 또랑또랑 말하며 예쁘게 웃을 때면 신분의 천함까지 잊을 만큼 아름다웠다. 그래서 달래는 미움이란 것을 받아본 적이 없었다.

달래는 여섯 살이 되던 해 자신보다 한 살이 어린 권현 진사네 셋째 딸의 몸종으로 들어갔다. 말이 몸종이었지 권 진사네에서 셋째 딸과 차별 없이 함께 키워졌다. 예쁘고 영특하고 고분고분한 아이라 안주인의 마음이 그렇게 기울었다.

 권현 진사네 셋째 딸인 옥임과 달래는 친자매처럼 같이 울고 웃고 놀았다. 마을의 잔치며 명절의 축제까지 어디든 함께했다. 옥임은 양반의 처자가 익혀야 할 예의와 법도까지도 달래와 함께 배웠다. 달래는 곧잘 따라 하였고 좋은 본보기가 되어 옥임이 보고 익히기에 더할 나위 없는 교본이 되었다.

 옥임은 달래가 참 좋았다. 미운 구석이 없어서 좋았다. 달래도 옥임이 좋았다. 싫어할 수가 없어서 좋았다.

 달래의 나이가 열일곱. 옥임의 나이가 열여섯이 되던 해. 권현 진사네에는 여러 곳에서 혼담이 들어왔다. 그중에서 이진승 진사의 큰아들 이중현이 옥임과 동갑이었다. 이진승 진사는 홍문관에서 정이품을 지낸 이현승 대감의 넷째 아들로 권현 진사와는 과거 한양에서 함께 수학하며 막역하게 지냈던 사이였다.

 이 진사는 옛 친구를 찾아볼 겸 권현 진사의 집을 방문했다. 권현 진사는 달래더러 옥임을 예쁘게 꾸며주라 일렀다.

 오랜 친구를 집으로 맞게 된 권 진사는 자신의 여식을 짤막하게 소개하고 이 진사를 안방으로 들였다. 곧이어 달래가 잘 차려진 술상을 들여왔다. 이 진사는 오랜 친구를 오랜만에 만나게 되어 기분이 좋아 과음을 하였다.

 만족스러운 대접을 받고 기분 좋게 하루를 보내고서 이 진사는 집으로 돌아갔다. 집으로 돌아간 이 진사는 아들 이중현을 불러 말했다.

"권 진사네 규수가 생긴 것이 꼭 복사꽃 같더구나."

좀처럼 칭찬이란 것에 인색한 이 진사의 입에서 나온 말이기에 이중현은 복사꽃의 이미지에 환상을 더했다.

조선의 혼례 예법에 따라 신랑은 신부의 집으로 가서 신부를 데리고 와야 했다. 이중현은 말 위에 올라 신부를 데리러 가면서 길에 핀 꽃들을 보며 온통 아름다운 것들만 머릿속에 집어넣었다. 상상에 상상이 계속해서 더해져 망상이 되어가고 있었지만, 그 망상을 멈추어 줄 수 있는 것은 혼인의 상대인 옥임밖에 없었다.

신부의 집은 가깝지 않았다. 이틀을 말을 타고 당도한 거리인지라 피곤함이 있을 법도 했지만, 혼인을 앞둔 새신랑은 피곤을 몰랐다. 거하게 준비한 함이 요란스럽게 신부의 집으로 들어가고 가장 먼저 자신을 맞이하는 달래와 얼굴을 마주하게 되었다. 웃음이 많은 달래가 웃었다. 그 모습을 보고 이중현은 이성을 잃었다.

이중현은 하늘에서 내려온 선녀가 자신을 기다리고 있다는 생각을 했다. 아버지의 말씀처럼 실로 복사꽃을 사람처럼 그리면 정녕 그러하리라는 생각을 했다. 이중현은 눈앞의 선녀와 백년해로 후 아들딸과 손주까지 보는 상상이 번개처럼 뻗어 나갔다. 자신의 숨이 멎는 그날 곱게 나이 든 여인이 자신의 손을 꼭 잡으며 "영감. 저승 가서 만납시다."라는 말을 듣고 눈을 감는 마지막 장면까지 끝나고서 중현은 현실로 돌아왔다.

 망상은 망상일 뿐이었다. 중현의 망상과는 달리 현실에서 자신과 혼례를 올릴 사람은 옥임이었다. 중현은 망상의 잔향이 오래 남은 터라 현실이 비정상처럼 느껴졌다. 믿기 싫어서 믿고 싶지 않아했다. 전안지례의 의식을 제대로 치를 수 없었다.

 중현은 "네 색시가 꼭 복사꽃 같더구나."라는 아버지의 말씀을 떠올렸다. 그리고 권진사와 함께 수학하던 시절 권진사가 짓궂은 장난으로 주위 사람을 당혹스럽게 했다는 말도 함께 떠올렸다. 진중하고 본바탕으로 사실만을 말하던 아버지가 도저히 옥임의 얼굴을 보고 복사꽃을 떠올렸을 리가 없다는 결론에 이르렀다.

 "저희 아버님께서 저에게 색시 될 사람이 복사꽃 같다고 하셨습니다. 그런데 제가 듣기로는 장인 어르신께서는 어린 시절부터 장난이 심하셨다고 들었습니다. 어르신. 사위 될 사람에 대한 시험은 이만하면 되지 않았겠습니까? 이제 바로잡으시지요."

 잔칫집의 분위기가 일순간 싸늘해졌다.

"자네 무슨 소리를 하는 겐가?"

주변의 공기가 무거워지고 작금의 상황에 털끝만큼의 장난기도 없다는 것을 느낀 이중현은 큰 실수를 저질렀다는 것을 직감했지만 정확하게 어떤 실수를 했는지 본인도 파악하지 못했다. 당황한 이중현은 횡설수설하며 말을 얼버무렸다.

"복사꽃이 하도 못생겨 실제로 아버님을 뵙고 말씀드리겠다 했습니다. 그것이 실제로 본 적이 없으니 말이 나온 것인데 그렇습니다."

이중현 본인도 자신이 무슨 말을 하는지 몰랐다. 귀가 붉어졌고 말도 제대로 끝맺지 못하는 모습을 본 이중현의 몸종인 칠득이가 말을 이어받았다.

"저희 도련님이 색시한테 푹 빠지셔서 정신이 훼까닥 해서 말이 허투루 나오시나봅니다. 하하하"

과장된 웃음이 천천히 퍼져나갔다. 천한 사람의 농담에 천한 사람들만 웃었다. 천한 사람들만이 칠득이가 내는 어색한 웃음을 따라 웃기 시작했다. 잔치는 다시 활기를 띠었지만 여전히 높으신 양반들의 표정은 풀리지 않았다. 고작 농담 하나로 깨어져버린 흥이 붙을 수 있는 상황이 아니었다.

원치 않은 상황에 처한 옥임은 얼굴이 달아올랐다. 그 와중에 한 여자의 얼굴만이 옥임의 눈에 들어왔다.

웃음이 많은 달래는 함으로 들어온 귀한 물건들을 보며 언제나 그랬듯이 아이처럼 해맑게 웃고 있었다. 그 고운 웃음소리와 예쁜 얼굴은 화폭의 그림처럼 남아 옥임의 머릿속을 떠나지 않았다. 옥임은 그 얼굴을 떠올리며 밤새 잠들지 못했다.

혼례 날 아침. 밤새 제대로 잠을 못 이룬 옥임은 작은 소리에도 신경이 곤두서고 예민했다. 특히나 고음의 소리에 소름이 끼칠 만큼 귀가 따가웠다. 평소 입어볼 일이 없던 고운 옷을 차려입으면서도 조금도 신이 나지 않았다. 키는 좀 작았어도 잘생긴 신랑이 온 것은 마음에 들었지만, 그가 얼버무리며 뱉은 실없는 소리가 무엇을 뜻하는지 알기에 좀처럼 마음이 진정되지 않았다.

옥임은 혼례 이후 낯선 시댁에서 새로운 인생을 시작하게 될 터였다. 남편에 대한 실망감이 혼례에 대한 마음을 송두리째 흔들어놓고 있었다. 심지어는 결혼을 무르고 싶은 마음마저 생길 지경이었지만 본인 스스로는 혼례에 대해서 아무런 선택권이 없었다.

부모 형제와 헤어지게 될 것이고 낯선 땅 낯선 집에서 평생을 살아가야 할 터였다. 그 와중에 집안 잔치라 신이 난 달래는 옆에서 계속 호들갑을 떨었다. 이년이 옆에서 알짱거리지만 않았어도 신랑 될 사람이 그런 허튼소리는 하지 않았을 것이라는 생각이 옥임의 머릿속을 스치는 순간달래의 웃음소리가 옥임의 고막을 찔렀다.

"아씨 이 비단결이 너무 곱지 않아요? 어쩜 사람이 이런 색을 만들어 낼까요? 아씨도 오늘 정말 고우셔요. 호호호호호"

가만히 서서 하인들이 입혀주는 대로 옷을 입던 옥임은 고개를 돌려 달래에게 힘껏 따귀를 올려붙였다.

"왜 이렇게 신이 났어? 네가 시집가니?"

달래는 영문도 모른 채 뺨을 부여잡고 주변 사람들의 반응을 살폈다.

"아씨 마음도 심란하실 텐데 너는 뭐가 좋다고 옆에서 호들갑이야? 썩 나가서 물이나 떠와라."

가장 나이가 많고 노련한 노비인 심덕이 소리치지 않았더라면 사소한 매질이 어찌 번질지 아무도 모를 일이었다. 높으신 양반들의 심사는 천한 사람들의 예측을 자주 비껴간다는 것을 심덕은 본능처럼 알았다. 심덕은 일부러 더 크게 소리를 내어서 달래를 야단치며 달래를 옥임의 근처에서 떨어뜨려 놓았다. 영문을 모르는 달래는 욱신거리는 볼을 붙잡고 밖으로 나가 닭똥 같은 눈물을 흘렸다. 옥임의 앞에서 울었더라면 잔칫날 재수 없게 운다는 이유로 경을 쳤을지도 몰랐다.

친자매처럼 지내던 옥임과 달래는 그날의 따귀 이후로 살가운 말을 섞지 않았다. 혼례 이후 달래는 옥임과 옥임의 가족들로부터 괴롭힘 아닌 괴롭힘을 받았다. 집안의 평범한 노비들과 같은 대우를 받게 됐다. 옥임의 몸종으로 옥임의 옆에 붙어 편하게 담소나 나누며 보내던 시간은 이제 허락되지 않았다. 대부분의 노비가 그러하듯이 집안일과 밭일을 오가며 고된 하루를 보내야 했다.

노비들끼리는 빨래 청소 밭일 등의 주어진 업무 앞에선 일체의 배려가 없었다. 누군가가 주어진 일을 못 해낸다면 떠맡게 되는 일일 뿐이었다. 노비들에게 달래는 전혀 특별한 사람이 아니었다. 오히려 아씨 옆에서 몸종을 한다며 편한 시간을 보낸 달래는 그동안 배운 것이 없어 일이 서툰 탓에 한사람 몫을 못 해내는 한 명의 노비일 뿐이었다.

달래는 이제껏 화, 미움, 견제 와 같이 부정적인 것들과는 부딪히지 않고 지냈었다. 달래는 자신의 원래 위치인 노비의 일상을 견디기 힘들었다.

단 한 사람 옥임의 서방인 이중현 만은 예외로 달래를 남몰래 챙겨 주었다.

달래는 그 상황이 몸서리쳐지게 겁이 났다. 이중현이 자신에게 감자며 옥수수 따위를 몰래 쥐여 주는 것을 누가 보기라도 한다면 감당할 수 없는 일이 벌어질 것은 해가 뜨고 지는 것만큼이나 당연한 일이었다.

달래에게 옥수수는 세상에서 가장 좋아하는 음식이었지만 그런 두려움을 감당하면서까지 먹고 싶지는 않았다. 달래는 이중현에게 그러지 마시라며 몇 번을 거절했지만, 달래를 바라보는 이중현의 눈은 사랑에 눈이 멀어 정상이 아니었다. 그 맹목적인 맑은 눈을 보면 달래는 마냥 무서웠다.

이중현은 감자와 옥수수로 마음을 표현하는 것만으로는 성이 차지 않았다. 그렇다고 해서 한자도 모르는 여인에게 서신을 쓸 수도 없는 노릇이었다. 이중현에겐 시간이 없었다. 얼마 지나지 않으면 신부를 데리고 본가로 돌아가야 했다. 본가에 서한을 보내 약조한 석 달의 시간이 다가오고 있었다. 이중현은 매일 밤 옥임과 동침을 하면서도 달래의 모습이 머릿속을 떠나지 않았다. 세상의 모든 것이 자신과 달래와의 사랑을 막고 있는 것만 같았다. 원래의 운명이 뒤바뀌어 자신이 고통 받는 것이라 여겼다. 이중현은 자기 혼자서 만들어 낸 사랑에 사로잡혀 정신이 혼탁해져 가고 있었다.

이중현은 온 신경을 곤두세워 달래가 혼자 있는 시간만을 노렸다. 권 진사네에서 머무는 동안 집안이 돌아가는 동태를 살펴 익혔다. 옥임의 개인적인 빨래들은 달래가 맡는다는 것을 알게 된 이중현은 이른 아침 붓글씨를 쓰는 척을 하다가 옥임의 치마폭에 먹물을 쏟아버렸다. 옥임은 급하게 달래를 불러 옷을 빨아오도록 시켰다. 다른 노비들은 모두 밭에 갈 시간이니 치마는 뒷산 계곡물에서 달래 혼자 빨아야 했다. 작은 양의 빨래가 생길 때만 뒷산으로 들고 간다는 것 또한 이중현의 계산에 있던 것이었다.

달래는 빨래를 받아 뒷산으로 올라갔다. 이중현은 사색을 하겠다며 집을 나서 동네를 서성이다 부리나케 산으로 올라갔다.

아침부터 아랫배가 무거워 방안에서 쉬고 있던 옥임은 곧 울컥하고 찾아온 달거리를 확인했다. 피를 보았으니 이번 달도 아이가 생기지 않았다는 걸 알았다. 그 실망감은 우울함을 불러왔다. 옥임은 월경포를 찬 후 피가 묻은 속옷을 들고 달래가 있을 뒷산 빨래터로 향했다.

느린 걸음으로 옥임이 뒷산 빨래터로 가보니 달래가 진작 빨아놨어야 할 빨래가 바닥에 아무렇게나 놓여 있었다. 순간 불길한 예감이 뇌리를 스치고 옥임은 발걸음을 따라 안쪽으로 들어갔다. 나뭇잎 사이로 햇살이 비쳤다. 불길한 예감이 그려낸 예상 그대로 너무나도 맑은 하늘 아래 두 남녀가 포개어져 있었다. 날이 너무 밝아서 아무것도 숨길 수가 없었다.

바닥에 깔려있던 달래가 옥임의 황망한 얼굴을 먼저 발견했다.

"옥임아. 살려줘."

●

"개동아 나 누군지 알겠냐?"

'만식이다.'

개동이는 만식이의 목소리를 듣자마자 대꾸도 않고 앞만 보고 뛰기 시작했다.

개동이를 발견한 만식이의 목소리엔 반가움과 기쁨이 묻어 나왔다.

골짜기를 따라 눈에 띄지 않게 험한 길로만 움직이던 개동이는 추월산으로 가기 위해서 반드시 거쳐야 하는 길게 이어진 산길을 지나야만 했다. 지난번 탈주 때도 이 부근에서 만식이를 만났었다. 이번에는 만식이를 피하려고 동이 트기 직전 가장 어두운 시각에 산길을 걷기 시작했는데 모든 걸 다 아는 사람처럼 만식이는 어느새 개동이의 뒤를 쫓아오고 있었다. 개동이는 늑대에게 물려 죽는 한이 있더라도 한밤중부터 움직였어야 했다는 후회가 밀려들었다. 이미 다 때늦은 후회였다.

세상의 그 누구도 자신을 개동이라고 부를 수 없는 곳으로 가는 것이 개동이의 목표였다. 자신을 개동이로 부르는 사람 중에는 보고 싶은 사람은 없었다. 개동이는 자신을 부르는 만식이의 목소리를 듣자마자 대꾸도 않고 앞만 보고 뛰기 시작했다. 목소리에 대꾸도 하고 싶지 않았다. 남은 평생을 보고 듣지 않아도 좋을 목소리였다.

달렸다. 개동이는 계속 달렸다. 길 가운데 놓인 날카로운 돌멩이가 짚신 사이로 고개를 내밀어 개동이의 발바닥을 찔렀다. 온몸을 관통하는 통증이 발바닥을 시작으로 머리끝까지 차올랐다. 자연스럽게 몸이 활처럼 튀어 올랐다. 짚신에 박힌 돌멩이를 빼내고 다시 달렸다. 등 뒤에서는 저승사자보다 더 무서운 만식이가 웃으며 쫓아오고 있었다. 개동이는 달리고 달렸다. 아픈 발을 살펴 볼 여유가 없었다.

숨은 어느새 턱까지 차올랐다. 들숨과 날숨이 뒤섞여 숨을 쉬고 있다는 사실까지 잊을 만큼 이미 정신의 한계를 넘어섰다. 발바닥의 통증은 온몸으로 퍼졌다. 한 발 내딛을 때마다 천근을 짊어지는 수고가 드는 것 같았다. 그럼에도 멈추고 싶지 않았다. 지금 잡힐 수는 없었다.

"아무리 네가 쌍놈이라도 뱃속에 네놈 새끼를 품고 있는데 이렇게 도망치는 것은 사람이 할 짓이 아니다. 이 말이야. 에라이 짐승 같은 놈. 네놈 애비도 그렇게 도망갔지?"

만식이는 개동이의 속도에 맞춰 천천히 따라갔다. 붙잡으려 했다면 진작 붙잡을 수 있었지만 그렇게 하지 않았다. 필사적으로 달아나는 개동이의 모습을 지켜보는 것이 재미있었던 것도 있었지만 이렇게 힘을 완전히 빼놓아야 다시 주인에게 데려가는 것이 수월하다는 이유가 가장 컸다.

"썩을 놈의 자식이 은혜도 모르고 말이야. 주인집에서 그렇게 참한 색시를 얻어다 줬으면 정 붙이고 살아야 할 것 아녀? 네놈 도망갔으니 마을에 고년 노리는 놈들 꽤나 많을 거다."

만식이에게 이 일대는 손바닥만큼 훤한 곳이었다. 몸을 뉘일 만한 동굴부터 쉼터로 써도 좋을 계곡 옆의 양지바른 바위까지 모두 다 꿰고 있었다. 만식이는 아직 한참 더 놀아줄 수 있었다.

"이 대감 손주 놈이 고년을 너보다 먼저 먹었다던데 사실인가? 그것 때문에 그러는 게야?"

개동이는 뒤돌아 만식이의 목을 졸라 숨통을 끊어놓고 싶었지만, 꾹 참고 계속 달렸다. 개동이가 아는 한 만식이는 조선 최고의 싸움꾼이었다. 지난번에도 달려들었다가 신나게 얻어맞았었다.

동이 트고 있었다. 숨이 차 정신을 잃을 것만 같았다. 길은 아무리 달려도 줄어들지 않았다. 영원히 지옥 같은 달리기가 계속될 것만 같았다. 개동이는 지쳐 의식이 희미해지고 있었다.

그때 개동이의 머리 위로 멧비둘기가 푸드덕 날아올랐다. 멧비둘기는 시원하게 허공을 가르며 날아갔다. 개동이는 시야에서 점점 작아지는 멧비둘기를 바라봤다.

'날고 싶다.'

개동이가 새를 보고선 처음으로 드는 생각이었다. 먹고 싶다. 맛있겠다. 가 아닌 날고 싶다. 여기 아닌 어디라도 날아가고 싶다. 가고 싶다. 살고 싶다. 더는 한 발 짝도 움직일 수가 없어지게 되자 헛된 바람까지 품었다. 멧비둘기가 시야에서 사라졌다. 개동이의 발이 멈췄다.

"고년 고것은 임신 중이니까 아무 씨나 받아도 되는 거 아닌가? 나도 한번 맛을 봐야 쓰겠네. 서방도 도망가 버리는데 뭐 어때? 이야 우리 개동이 다 뛰었는가? 얼른 가자. 네놈 주인이 벼르고 있더라."

개동이는 지쳐서 바닥에 쓰러지면서 눈에 들어온 짱돌을 손에 쥐었다. 그리고 뒤돌아 있는 힘껏 만식이를 향해 던졌다. 개동이가 던진 돌은 말의 머리을 비켜 지나갔지만 말이 매우 놀라며 등에 타고 있던 만식이를 떨어뜨렸다.

개동이를 독 안에 든 쥐새끼처럼 가지고 놀던 만식이는 이런 상황을 미처 예상치 못했다. 만식이는 넘어지기가 무섭게 용수철처럼 튀어 올라가 쓰러져 있는 개동이의 얼굴을 발로 차버렸다. 개동이는 그 자리에서 기절해버렸다. 작은 반란으로 개동이는 곱게 끌려갔다면 맞지 않았을 매를 벌었다. 노비의 몸이 상하면 값을 덜 받게 된다는 계산이 만식의 머리를 스치지 않았더라면 분명 개동이의 팔과 다리 중의 한 곳은 성하지 못했을 터였다.

만식이는 사냥해서 잡은 산짐승을 데려가듯이 개동이를 말의 등에 올려놓고 이 대감의 집으로 가고 있었다. 모든 힘을 다 쏟아낸 개동이는 말의 등에 축 늘어져 깨어났다 기절하기를 반복했다. 한참을 걸었을 때 개동이는 웅얼웅얼 만식이를 향해 말을 했다.

"뭐라고?"

얻어맞아 앞니가 빠지고 입안이 피범벅이 된 개동이가 하는 말은 제대로 들리지 않았다.

"두고 간 것이 아니요. 월광암에 갔다가 터를 잡고 데려오려고 했소."

만식이는 개동이의 말을 듣고는 크게 웃어버리고 말았다.

해가 지고 오랜 시간을 걸었다. 만식이는 개동이를 바닥에 내려두고 말을 쉬게 했다. 적당한 곳에 자리 잡아 불을 피우고 음식을 먹었다. 밤이 깊었고 사방이 고요해졌다. 타들어가는 나뭇가지를 보고 있자니 괜스레 마음이 감정적으로 변했다. 만식이는 한 번만 더 도망을 친다면 하늘에 맹세코 죽여 버리겠다는 이진승 진사의 말이 떠올랐다. 말 안 듣는 노비를 죽인다고 뭐라 할 사람은 없었다. 어쩌면 이번에는 개동이가 죽임을 당할지도 모른다고 생각했다. 만식이는 자신의 자식뻘 즈음 되는 개동이에게 새삼 측은한 마음이 들었다.

"월광암에 가봤냐?"

"못 가봤소."

"월광암에 갔다 왔다는 사람은 봤냐?"

"못 봤소."

"그치? 나도 못 봤다. 왜 못 본 것 같으냐?"

"하도 좋아서 그렇지 않겠소."

"아니야."

"그럼 뭐요?"

"월광암 같은 곳은 없어서 그래."

"무슨 소리요?"

"사람 사이에 귀천도 없고 누구한테나 땅을 내주고 배부르고 자유롭게 살아가는 그런 데는 없어."

"거짓말하지 마시오. 댁이 그걸 어찌 안다고 그러오."

"알지. 알다마다. 내가 지어냈는데 모를 리가 없지. 내가 왜 노비를 제일 잘 집는 사람이 됐겠냐? 다 너같이 순진한 놈들 덕분이지. 내가 만들어서 저잣거리에 퍼트리니까 살이 막 부풀려지는 거야. 그걸 믿는 멍청한 놈들이 많으니까 그런 거야. 추월산 길목에서 기다렸다가 잡아가기만 하면 되거든. 너처럼 말이야."

"그 말을 나한테 왜 하는 거요?"

"꿈 깨라고 그런다."

개동이에게는 더 이상의 대화가 무의미했다. 도망칠 기력이 없었다. 도망칠 의욕이 없었다. 밤이 깊었다. 장작불이 꺼졌다. 만식이는 잠들었다. 개동이는 마지막 질문을 했다.

"나 같은 놈은 꿈도 못 꾸오?"

만식이는 개동이의 목소리를 들었지만 아무런 대꾸를 하지 않았다.

꿈에서 깨어나라는 만식이의 주문대로 개동이는 꿈을 깨버렸다. 그래서 꿈에서 깨어났더니 오히려 현실이 아무것도 아닌 게 되어버렸다. 가야 할 곳이 사라지자 하고 싶은 것도 사라졌다.

잡혀 오면 언제나처럼 매질이 시작됐고 기를 쓰고 대드는 것이 보통의 개동이였다. 주인집 양반은 개동이를 잡아 왔다는 소식에 기뻐하며 벼르고 나갔지만 이미 개동이의 눈빛이 이승이 아닌 저세상을 보는 것처럼 멍했다. 따귀를 올려붙이고 몽둥이로 매질을 해도 제대로 된 반응을 보이지 않았다. 죽은 오징어를 두들기는 것처럼 기운 빠지고 꺼림칙했다. 손바닥도 마주쳐야 소리가 난다. 개동이를 때리는 일은 허공에 한 손만 휘두르는 일처럼 재미가 없었다.

생각보다 싱겁게 개동이는 집으로 돌아갔다.

집에는 달래가 기다리고 있었다. 집으로 돌아온 남편에게 달래는 무슨 말을 해야 할지 몰랐다. 달래는 한마디를 겨우 찾아 개동이에게 건넸다.

"괜찮아요?"

달래는 개동이의 상처에 고약을 발랐다. 고약 위로 사람의 온기가 덧발라졌다. 개동이에게 이보다 더 좋은 약은 없었다. 아무 말도 없는 밤이 지나갔다.

●

옥임의 머릿속에는 수만 가지 상황이 오갔다. 못 본 척하고 살아가는 것부터 칼부림으로 둘 모두에게 철퇴를 내리는 것까지. 자신이 할 수 있는 모든 상황 중에 괜찮은 것과 괜찮지 않은 것을 정리했다.

일단 옥임은 침묵을 지키며 이 상황이 만들어내는 다음 수를 기다렸다.

"아씨. 저는 빨래를 끝내고 내려가려고 했습니다. 그런데……."

"내가 귀신에 홀렸었나 보오. 잠깐 생각을 정리하러 산에 오른다는 것이 그만······."

달래는 그저 사실대로 말하는 것 이외에 그 어떤 선택권도 없었다.

중현의 경우 선택지가 더 있었다. 용서를 빌거나 달래와의 사랑을 구애하거나 자신을 유혹했다며 달래에게 책임을 돌리거나 여러 경우의 수가 있겠지만 중현은 일단 귀신에게 책임을 돌렸다.

옥임의 아버지는 화가 나면 불같이 변하는 사람이었다. 금이야 옥이야 키운 딸과 결혼한 새신랑이 딸의 몸종과 바람이 났다면 그 분노를 이 유약한 남자가 감당할 수 없을 것이라는 생각이 들었다. 권 진사의 가문이 가진 권세는 이중현 집안의 그것 보다 훨씬 강했다. 권진사는 능욕을 당한 딸을 위해서라면 그 어떤 보복이라도 할 수 있는 사람이었다. 그보다 더한 것은 능욕을 보인 것이 자신의 집에서 묵으며 일어났다는 것이었다. 그것은 곧 집주인을 능멸한 것이나 마찬가지였다. 권진사가 이 사실을 안다면 가만히 있을 사람이 아니었다. 지금 이중현이 걱정하는 것 또한 그것이었다.

"아버님께 말씀을 올려야겠습니다."

"여보 그것이 아니오.. 내게 말 할 기회를 주시오."

"귀신같은 소리 또 하신다면 바로 내려가겠습니다."

"귀신이 아니오. 저…… 저년이 내가 올라오니 빨래를 하다 말고 앞섬을 풀어헤치고 달려왔소. 유혹을 이기지 못한 내가 죄인이오. 허나 저년이 처음 온 날부터 나를 보고 도망가자고 유혹을 하고……. 내 다시는 그리 하지 않겠소."

"그 말이 다 사실이지요."

"사실이오."

"정말인가요?"

"다 사실이오. 내 절대 다시는 그러지 않겠소."

옥임이 듣기에 털끝만큼의 신뢰도 가지 않는 말이었다. 재차 물어본 것은 거짓말이라 할지라도 형태를 갖춘 말을 듣고 싶어서였다.

"사실이면 주인의 서방을 홀려 낸 저 못된 년이 잘못한 만큼 혼을 내주세요."

"아씨. 옥임 아씨."

"못하시겠다면 저는 아버님께 가보겠습니다. 둘은 하던 거나 마저 하세요. 얼른 도망을 치시던지요."

옥임이 말을 남기고 뒤돌아서자 이중현은 달래의 머리채를 잡고서 따귀를 치기 시작했다. 옥임의 주문으로 연출 된 장면이긴 했지만, 그 모습은 자신이 상상하던 것보다 더 끔찍했다. 이중현은 시키지도 않은 욕까지 하며 달래를 때렸고 체념한 달래는 신음을 참으며 반라의 몸으로 웅크리고서 이 시간이 지나가기를 기다렸다. 옥임은 그 장면을 애서 참았다. 지켜보는 것보다 때리고 맞는 저 둘이 더 괴로울 것이라 생각했다.

"그만 하세요. 서방님은 내려가셔서 더러운 몸을 씻으시고요. 달래는 제가 단속하겠습니다."

이중현은 처음 산을 올라 올 때와 마찬가지로 의복을 추스르고 갓을 고쳐 매고서 집으로 내려갔다.

"옥임아 나는 그러지 않았어. 내가 어떻게 너를 두고 그런 짓을 하겠니."

"시끄러워."

"……"

"달래 너는 내일 나랑 우리 시댁으로 갈 거야. 그리고 오늘 일은 아무에게도 말하지 않는 거야. 소문이 새어 나간다면 너뿐이겠지?"

"……"

"천천히. 그리고 깨끗이 빨아서 내려와."

옥임은 피가 묻은 속옷을 내려놓고 뒤돌아섰다.

옥임의 선택은 모든 것이 자신이 세운 합리적인 판단의 범위 안에서 결정되었다. 지나가 버릴 바람이 집안 간의 큰 싸움으로 번지는 것을 원치 않았다. 아버지의 화를 견디지 못할 유약한 남편에 대한 걱정도 있었다. 파혼 후에 부모님이 겪을 창피와 손가락질에 대해서도 생각했다. 괜한 소문이 새어 나가지 않도록 달래를 데려가는 것까지도 합리적인 범위 안에서 이루어진 선택이었다. 세세한 상황과 관계를 살펴 내린 선택이었지만 정작 그 선택 안에 자신의 마음을 달래줄 수 있는 것은 없었다. 옥임은 남편이 다른 여자와 정을 통하는 것을 두 눈으로 지켜보았다.

누군가에게 털어놓고 마음의 짐을 덜 수도 없었다. 그 사실 그대로 큰 상처였다. 상처받은 마음에 커다란 구멍이 나서 시리도록 찬바람이 드나들었다. 그 구멍은 결국 미움으로 매워졌다. 미움은 자연스럽게 낮은 곳을 향했다. 옥임 보다 낮은 곳에 있는 것은 달래를 비롯한 개와 닭과 소밖에 없었다.

옥임은 달래와 친자매처럼 지내왔었다. 달래가 얼마나 여리고 순한 사람인지 누구보다 옥임이 더 잘 알았다. 남자가 작정을 하고 덤빈다면 본인의 처지에 어찌할 수 없을 거란 걸 머리는 이해하고 있었다. 그것이 문제였다. 이 상황을 머리가 이해하지 못한다면 온전히 미워할 수 있었다. 하지만 옥임은 누구도 미워하기 싫었다. 미워할 수밖에 없어서 미워하면서도 미워하기 싫었다. 미움이 싫었다. 미움이 마음에 자리 잡은 것이 싫었다.

시간이 흘러 옥임은 시댁으로 몸을 옮겼다.

수레 뒤에 달래의 짐을 실어 줄 수도 있었지만 일부러 그렇게 하지 않았다. 이틀이 넘게 걸린 먼 길을 달래는 자신의 짐을 지고 따라왔다. 달래의 발에 물집이 잡히고 부르튼 손에서 피가 났다. 옥임은 알면서도 빠른 걸음을 재촉했다.

달래는 옥임의 몸종이었다. 그런 달래를 마주치지 않고 살 수 없었다. 옥임은 언제나 마음속에 자리 잡은 미움을 집어다가 달래에게 던졌다. 마음의 미움은 화수분처럼 끊임없이 자라났고 그것을 집어 달래에게 던지고 난 뒤에는 온몸이 오물로 더럽혀진 것처럼 옥임은 불쾌한 기분에 사로잡혔다. 고문에 가까운 집요한 미움에도 달래의 태도는 한결같았다. 달래가 반항하거나 도망을 치거나 대들기라도 한다면 마음속의 시커먼 앙금을 모두 꺼내 멸해버리겠지만 그러지도 못했다. 달래는 언제나 순종적이었다. 눈앞에서 달래를 치워내지 못하면 옥임이 먼저 미쳐버릴 것 같았다.

옥임은 달래를 떠나보내기로 마음먹었다. 그 마지막 선택에 마음에 남은 모든 미움을 담았다. 마을 최악의 남자를 수소문해 보면 이구동성 한 사람의 이름만 나왔다.

무식하고 괴팍하며 인정머리 없고 예의도 모르는 쌍놈 중의 쌍놈 개동이.

이 말을 전했을 때 달래는 처음으로 옥임의 말에 반항했다.

"아씨 그것만은 제발 거둬 주시면 안 되겠습니까? 이렇게 무릎 꿇고 부탁드립니다. 그 사람 너무 무서운 사람이라고 하나같이 말을 합니다. 제발 시키시는 거 뭐든 다 할 테니까요. 옛정을 생각해서라도 그리로 보내지 말아주세요."

그것으로 옥임은 마음을 굳혔다. 혼례식을 따로 올려 주지는 않았다. 개동이의 허름한 방에 달래를 밀어 넣는 것으로 두 사람의 혼례는 끝이 났다. 많은 총각들이 부러움에 속을 끓였다.

첫날밤.

지나치게 긴장하며 달래의 눈치를 보는 개동이의 모습에 달래는 경계를 풀었다. 조심스레 지켜보니 개동이는 아이처럼 맑고 투명한 눈을 갖고 있었다. 소문만큼 무서운 사람은 아닌 것 같았다. 누군가가 이렇게 오랫동안 자신을 바라봐 준 적이 없었던 터라 개동이는 멋쩍게 웃으며 머리를 긁었다.

달래는 개동이에 대해서 아는 것이 하나도 없었다. 그래서 가장 궁금한 것부터 물었다.

"이름이 정말로 개똥이셔요?"

"개똥 아니요. 사람들이 그렇게 나를 부르는 거지. 원래 이름이 대석이요. 큰 대자에 돌 석자. 크고 단단하라고 아버지가 지어주셨지."

달래는 조심스럽게 말했다.

"우리 오늘은 그냥 잠만 자면 안 될까요?"

"그러면 손잡는 건 괜찮겠는가?"

달래는 말없이 개동이에게 손을 내밀었다. 여섯 살에 떠나간 엄마 이후로는 처음 잡아보는 사람의 손이었다. 작고 보드라웠다. 개동이는 자신의 팔자에 전혀 어울리지 않는 행운에 어안이 벙벙한 채로 천장만 멀뚱멀뚱 바라봤다. 순하고 듬직하게 자신의 말을 따라준 개동이가 믿음직스러웠던 달래는 긴장이 풀렸다. 긴장이 풀리자 달래는 까무룩 잠이 들었다. 잠이 든 달래의 숨소리가 개동이의 귀에 들렸다. 개동이는 속으로 절대 이 손을 놓지 않겠다고 다짐했다.

그날 밤. 손만 잡고 잔 부부에게 아이가 생기는 기적이 일어났다.

처음부터 도망칠 생각은 아니었다. 아내도 생겼고 형편없는 땅이었지만 경작지도 받았다. 외곽으로 빠진 외거노비라 주인집 눈치로부터 자유롭기까지 했다. 마음잡고 적응할만한 이유가 생겼다. 허나 아이가 생겨난 것이 모든 상황을 어지럽게 만들었다.

예상보다 빨리 불러온 달래의 배는 흉한 소문을 만들었다. 소문에 살이 불어날수록 개동이의 신경이 날카로워졌다.

개동이에게 달래 뱃속의 아이가 자신의 아이가 아니라는 사실은 전혀 상관이 없었다. 혼자 버티던 세월에 손잡고 함께 누울 사람이 있다는 것만으로도 더 바랄 게 없었다. 둘은 매일 밤마다 손을 잡고서 이런저런 이야기를 하다가 스르륵 잠이 들었다. 깨어나서 서로의 얼굴을 확인하면 하루치의 살아갈 이유가 생겨났다. 개동이의 삶은 그것만으로 충분했다.

달래는 뱃속의 아이가 이중현의 아이라는 것이 알려지면 아이를 빼앗기게 될까 봐 두려웠다. 개동이는 달래를 빼앗기 게 될까봐 두려웠다. 그리고 노비로 살아가게 될 아이의 인생도 불쌍하고 싫었다. 두려움은 조바심을 만들어냈고 개동이를 또다시 추월산에 있다는 월광암으로 달리게 만들었다. 그것이 보기 좋게 실패로 끝난 마지막 발악의 전말이었다.

해가 바뀌고 계절이 바뀌고 사내아이가 태어났다. 개동이의 몸에 난 상처는 다 나았지만 가야 할 곳을 잃은 개동이는 혼이 빠진 사람처럼 정신을 차리지 못하고 있었다. 꼬물거리는 생명을 보며 잠시 활기를 찾기도 했지만 그뿐이었다. 우울감과 무기력함에 시달리며 가지고 있는 행복을 언제 빼앗기지는 않을까 불안한 나날이 계속 이어졌다.

 이 대감이 혼례를 치른 손자가 시간이 오래 지나도 아이가 생기지 않는 것을 걱정한다는 이야기가 담장을 넘어 마을에 퍼졌다. 그 이야기가 달래의 아이와 만나면 살얼음 같은 개동이의 행복도 조각조각 흩어질 터였다. 개동이는 아내와 자식을 빼앗기고 또다시 혼자 살아가는 상상을 했다. 이전처럼 죽기 살기로 살아갈 자신이 없었다.

●

 눈매가 나랑 똑 닮은 거야. 눈이 작은데 나처럼 눈매가 위로 올라가 있더라고. 척 보고 이놈은 내 새끼다. 하고 단박에 알아봤지. 누가 말해준 것도 아닌데 확신이 들었어. 근데 머리카락은 꼬불꼬불 감겨 있는데 처음 보는 모양이었어. 그런 옷도 처음 보고. 길 가의 건물들도 반듯 하고 말이야.

 그녀석이 기다란 쇳덩이에 올라타는데 그 쇳덩이가 어찌나 빠른지 밖으로 보이는 경치가 쌩하니 지나가는 거야. 나도 눈알이 휙휙 돌아갔어. 또 어떤 대궐에 들어가면 거기는 귀신이 움직이는지 사람이 지나가면 문이 저절로 열리고 그림이 막 움직이기도 하고. 신기한 세상을 본 거야 내가.

내가 진짜 놀란 거는 이거야. 엄청나게 커다란 쇳덩이에 날개가 달려 있었거든. 그 옆에 문이 열렸는데 안에는 사람이 앉아 있었어. 그 쇳덩이가 사람을 태워서 하늘을 날아가는 거야. 어마어마하게 큰 쇳덩이인데 날개를 퍼덕거리지 않고도 날았어. 안에 사람이 수백 명은 앉아 있었고 말이지.

그 큰 것이 날았어. 그 안에 사람을 태우고 날았다고. 구름 위를 날아가 금방 다른 나라로 갔어. 가서 맛있어 보이는 온갖 음식이란 음식은 다 먹고 사람 구경도 실컷 하고 잘 놀았지. 그러다가 어느 수레 위에 올라타고 엄청나게 큰 절을 구경하는데 그 수레는 희한하게 사람이 끌고 있더라고. 땀을 뻘뻘 흘려가며 달리기에 천한 사람인가보다 했지. 그래도 시간이 흐르니 내 새끼도 어찌어찌 양반이 되었나보다 했어. 근데 참말로 희한한 게 뭔지 아나? 아 이놈이 내려서 종이를 내밀면서 수레를 끌던 사람에게 인사를 꾸벅하는 거야. 둘 다 서로 인사를 꾸벅꾸벅해. 웃으면서 서로 고맙다고 인사를 했어. 그게 뭘 하는 건지 모르겠어. 내 머리로는 이해를 못 하겠는데 희한하게 그 모습이 참말로 좋아 보이더라고.

사람이 사람을 사람처럼 대해주고 있더라 이거야. 사람이 다 사람처럼 살고 있었어. 내가 글이라도 알면 이런 것을 자세히 적어 놓을 텐데. 임자는 언문이라도 알고 있으니 적어 보겠어?

오랜만에 개동이는 신이 나서 이야기를 하고 있었다. 꿈이라고 하기엔 너무 생생한 감각이었다. 개동이는 혹시라도 잊어버릴까 일어나자마자 제일 먼저 달래에게 이야기를 했다.

그날 밤 달래는 결의에 찬 눈으로 개동이를 보며 말했다.

"도망갑시다."

"겁도 없이. 무슨 소리를 하는 게야. 이번에 잡히면 진짜로 죽네. 거기 새아씨도 임자를 잡아 죽이려고 벼르고 있다면서. 괜한 생각 하지 말어."

"괜한 생각이 아니라고요. 생각을 해봤는데 먼 훗날에 당신을 똑 닮은 우리 후손이 훤하게 잘 산다고 했잖아요. 우리가 잡혀다가 죽을 팔자면 당신이 그걸 어찌 볼 수 있겠어요? 안 죽어요."

"안 죽어?"

"안 죽지요."

"그러면 어디로 달아나나? 월광암은 만식이 놈이 지어낸 곳이라는데. 그놈이 북쪽 길은 훤히 알아서 임자랑 나랑 달아날 수가 없어. 그놈은 힘도 장사고 싸움도 잘 해."

"남쪽으로 갑시다."

"남쪽으로 가면 안 죽나?"

"안 죽지요."

달래는 엄격하고 근엄하고 진지한 얼굴로 개동이의 꿈을 믿어 주었다. 개동이는 달래의 눈을 보고 자신의 꿈을 믿고 싶어졌다. 개동이는 지저분하게 자라난 짧은 수염을 쓰다듬었다.

●

만반의 채비를 갖추고 세 사람은 모두가 깊이 잠이 든 새벽을 기다렸다가 짐을 싸들고 나왔다. 여기서 들키면 혼자 죽지 않는다는 불안감에 개동이는 심장이 터질 것만 같았다. 그렇게 빠른 걸음으로 마을 어귀를 벗어나자 개동이와 달래는 누가 먼저랄 것도 없이 큰 숨을 들이 내쉬었다. 그리고 서로를 보며 웃었다. 개동이는 새어 나오는 웃음이 질투쟁이 신의 노여움이라도 사지 않을까 겁을 먹고선 얼굴의 표정을 감췄다.

"아직 안심하긴 일러."

무표정한 개동이를 보며 달래가 말했다.

"괜찮을 거에요."

전혀 괜찮지 않은 얼굴로 괜찮다고 말하는 달래를 보고서 개동이는 막을 수도 없이 웃음이 삐져나왔다. 그리고 다시금 비장한 얼굴로 말했다.

"그래. 괜찮을 거야. 암 당연히 괜찮겠지. 가자."

날이 밝아도 남쪽으로 가는 길은 여전히 험했다. 얼굴에 지친 기색이 보였지만 둘의 표정은 여전히 결연했다. 세상모르고 달래의 등에 업혀 잠이든 아이만은 평화로웠다.

로로

지옥은 어쩌면 눈앞의 백지처럼 희고 넓을지 모른다. 로로는 부단히 발버둥 쳐도 끝없이 펼쳐진 백지 위에 먹물 자국 하나 남길 수 없었다.

로로는 워드 프로그램의 흰 화면을 마주하고 있었다. 흰 화면에는 커서만이 깜빡였다. 로로는 정지를 누른 비디오처럼 가만히 앉아 흰 화면을 바라봤다. 모니터 화면에서 커서가 깜빡이지 않았다면 사진이라고 해도 이상하지 않았다. 컴퓨터 너머 벽에 붙은 시계의 초침은 쉬지 않고 움직였고 창밖의 소음도 형태를 달리하며 로로의 방 안으로 스며들었다. 그 사이 창밖 도로의 신호등은 몇 번이나 색을 바꿨다. 세상의 모든 것이 바쁘게 움직이고 있음에도 로로는 화면 안의 깜빡이는 커서를 바라만 볼 뿐 아무것도 하지 않았다.

　로로가 다리를 떨었다. 다리를 떨어주는 행동은 로로의 집중력이 떨어지고 있음을 뜻했다. 로로가 드디어 자판 위에 손을 올렸다. 그리고 익숙한 손놀림으로 빠르게 문장을 써내려갔다.

　라면이나 끓일까? 볶음 라면처럼 해 먹고 싶다. 우선 오리고기를 프라이팬에 굽고 오리 기름에 부추도 한주먹 썰어 넣고 거기에 익힌 라면사리를 넣고 스프를 절반정도만 넣으면 맛있는 볶음 라면이 되겠지. 간 마늘도 한 숟갈 넣어주면 감칠맛이 더 돌 거야. 면발을 다 먹고 양념이 남으면 밥까지 비벼 먹어야지. 밥을 비빌 때는 김도 잘게 부숴서 밥 위에 뿌리면 맛있을 거야.

　로로는 아무짝에도 쓸모없을 내용을 적어놓고 다시 다리를 떨기 시작했다. 또 졌다. 로로는 완성한 문장을 커서로 긁어 한번에 날려버렸다. 다시 흰 화면 위에 커서만 깜빡였다.

　허기가 로로의 위를 때렸고 온갖 잡생각이 가득하던 로로의 머릿속은 볶음 라면 조리법으로 뒤덮여 버렸다. 상상으로 만들어 낸 볶음 라면이 냄새와 맛까지 갖춰가고 있을 때쯤 로로는 워드 프로그램을 종료했다. 그리고 컴퓨터를 껐다.

　로로는 배가 고팠고 또 몹시 목이 말랐다. 아무것도 하지 않은 주제에 그랬다. 귀한 시간에 아무것도 하지 않아놓고서는 배가

고프고 목이 말랐다. 로로는 참을 수 없이 부끄러웠다. 아무것도 하지 않고 지쳐버렸다. 지친 몸을 이끌고 부엌으로 가서 라면을 끓일 물을 받았다. 찬장에 쌓인 라면 중에 가장 맵고 짜고 자극적인 라면을 골랐다.

로로는 누군가에게 자신을 소개해야 할 때면 본인을 글을 쓰는 사람으로 소개했다. 그리고나서 구질구질한 설명을 덧붙였다.

"아직 정식으로 데뷔하지 않아서 책으로 묶여 나오지는 않았지만 소설을 써온 지는 오래되었습니다."

이런 식의 말을 입 밖으로 내뱉을 때마다 로로는 자신의 이름으로 검색되는 책 한 권이 간절했다. 단 한 권만이라도 괜찮았다. 한 권만 있어도 국가에서 발급하는 예술인 등록증을 받을 수 있다. 로로는 신분증으로 예술인 등록증을 내미는 상상을 한 적도 있었다. 그것이 있다면 서울시립미술관에서 커피도 50% 할인을 받을 수 있다.

로로는 스스로 자신을 예술가로 소개하는 일이 구차하게 느껴졌다.

나이가 들어갈수록 자신에 대한 부연 설명이 점점 더 길어졌다. 그러다 결국에는 새로운 사람을 만나는 일 자체를 꺼리게 되었다. 우연한 기회로 새로운 사람을 만나도 이름 이외에 자신에 대해 말하지 않았다. 사람들이 자신을 궁금해하지 않는다는 걸 로로는 너무 늦게 알아차렸다.

로로는 글을 쓰는 사람으로 꽤 오랜 시간을 살아왔다.

로로가 처음 이야기를 만들어 낸 것은 중학교 2학년. 열다섯 살 때였다. 한글의 날 기념 글쓰기 대회에서 순전히 심심해서 시작한 이야기였다.

열다섯의 로로는 원고지에 '김영철'이라는 제목을 적어놓고 이야기를 써 내려가기 시작했다. 주인공은 말레이시아의 고무 공장에서 태어난 덩어리였다. 그리고 중국으로 건너가 중국의 공장에서 테니스공으로 만들어진 뒤 한국의 초등학교 테니스부로 들어오게 되었다. 큰 상자에 자신과 똑같은 모양의 공이 잔뜩 담겨 있었다. 매일 이리 튕기고 저리 튕기며 자신과 똑같이 생긴 테니스공들과 함께 똑같은 하루의 반복을 살아갔다. 테니스공은 아이들이 땀을 흘리며 연습하는 걸 보는 것이 즐거웠다. 자신을 맞히기 위해 열심히 움직이는 아이들을 보며 더 힘껏 튀려고 애썼다. 그러던 중 신입 부원의 실수로 테니스공은 학교 옆 하천에 빠지고 정처 없이 물길을 따라 떠내려갔다. 자신의 몸이 하천에 얼룩지고 더러워진 것에 크게 상심했다. 테니스공은 하천의 고인 웅덩이에 다른 쓰레기와 같이 빠져 있었다. 이제 아이들을 볼수도 없고 테니스공으로써도 모두 끝이라 생각했다. 그런 테니스공을 더러운 떠돌이 개가 물었다. 테니스공은 소리치며 거부했지만 들리지 않았다. 날카로운 이빨에 찢겨 이젠 정말 끝날 거라며 모든 것을 포기했을 때, 떠돌이 개는 한 아이의 앞에 테니스공을 내려놓았다. 하천 주변의 허름한 판잣집에서 할머니와 단둘이 사는 아이였다. 아이는 비누를 묻혀 깨끗한 물에 공을 씻었다. 그리고 드라이기에 공을 말렸다. 아이는 매직펜으로 테니스공에 자기 이름을 적었다. 김영철. 테니스공은 김영철이 되었다.

두 시간 만에 연필로 휘갈겨 써낸 이야기는 심사 하던 국어 선생 박수봉의 눈에 들었다. 심각한 악필인 글자 모양과는 별개로 원고지에 쓰인 내용이 선생의 눈에 들어왔다. 시라는 형태의 짧은 글을 쓰고 노는 아이들과 틀에 박힌 독후 감상문을 적어서 낸 아이들 사이에서 기승전결을 갖춘 이야기를 만난 선생은 그 자체가 반가움이었다. 박수봉 선생의 기억 속에 로로는 수업을 받던 수십 명의 학생 중에 하나였다. 전혀 눈에 띄는 아이가 아니었다. 공부를 잘하는 아이도 아니었다. 군데군데 틀린 맞춤법이 그것을 말해주고 있었다. 하지만, 충분히 끈기 있게 이야기를 이끌어 나가고 있었고 기발한 면면도 보여주고 있었다. 선생은 일단 학부모회장 아들의 독후감과 로로가 쓴 이야기를 따로 뽑았다.

박수봉 선생은 로로를 불러 직접 쓴 이야기가 맞는지 확인부터 하고서 결정을 하고 싶었다.

"잘 썼더라."

"감사합니다."

"네가 직접 쓴 거니?"

"예."

"이야기 소재는 어디서 얻었어?"

"그냥 상상해서요."

"원래 글 같은 걸 잘 썼니?"

"아니요. 이번에 처음 써봤는데요."

"테니스공을 사람처럼 묘사한 게 기발했어. 재능이 있더라. 열심히 해봐라."

국어 선생 박수봉의 두꺼운 손이 로로의 머리를 쓰다듬었다. 로로는 순간 움츠러들었다. 선생의 손이 로로의 몸에 닿는 경우는 체벌 외에는 없었기 때문이었다. 두꺼운 손이었지만 로로는 부드럽게 느껴졌다. 부모가 아닌 사람에게서 온전히 스스로의 힘으로 제대로 된 칭찬을 받아낸 것이 태어나서 처음이었다. 로로의 기억에 각인된 것으로 치면 그러했다.

국어 선생은 칭찬의 손길에 움츠려 드는 아이를 보면서 마음의 결정을 했다. 학부모회장의 아들을 최우수상. 로로에게 대상을 수여 했다. 수상 결과에 대해 교감선생의 볼멘소리가 있었지만 적당히 둘러대었다. 재능이 보이는 아이에게 그 정도는 해주고 싶었다.

소설 김영철이 만들어진 것은 단 두 시간 만에 일어난 일이었다. 어린 로로는 어디선가 보았던 기억의 조각들을 이어붙이고 거기에 상상을 더해 이야기를 만들어냈다. 그 일에 두 시간의 시간이 모자라게 느껴질 만큼 몰입했다. 컵라면이 익는 3분이라는 시간도 지루하게 느끼는 산만한 아이에게는 놀라운 경험이었다. 더욱 놀라운 것은 즐거운 일을 하면서 누군가에게 칭찬까지 받을 수 있다는 것이었다.

심심함과 우연한 기회가 만났다. 몸부림과 그 몸부림을 재능으로 알아봐 준 선생 덕분에 한 아이의 진로가 결정되었다.

중앙중학교 한글날 기념 글쓰기 대회 대상 수상. 높은 단상에서 로로의 이름이 호명되었다. 로로는 단상 앞으로 가 상장을 받았고 뒤돌아 운동장을 가득 메운 친구들에게 박수를 받았다. 작은 아이의 심장이 떨릴 만큼 박수 소리가 컸다. 이 과장된 기억이 로로가 글을 쓰게 된 기원이었다.

라면을 두 개나 끓여 먹은 로로에게 언제나 그랬듯이 기분 나쁜 포만감이 찾아왔다. 좋은 음식을 먹었을 때는 느낄 수 없는 기분 나쁜 포만감이었다. 좋지 않은 음식이 몸에 들어와도 로로의 위장은 소화를 시켜야만 한다. 그것이 로로의 위가 처한 운명이었다. 선택권이 없었다. 오히려 더 격렬히 소화를 시켜야만 기분 나쁜 포만감에서 빨리 벗어날 수 있었다. 게으르고 무능한 로로와는 달리 로로의 몸은 악조건 속에서도 참 열심히 살고 있었다.

Good. Great. Excellent. Fantastic. Perfact. You Win. 로로가 플레이하는 모바일 게임은 칭찬에 후했다.

로로는 별다른 노력을 들이지 않고도 어마어마한 극찬을 받고 있었다. 로로의 스마트 폰에서는 양산형 격투 게임이 자동사냥 모드로 게임이 진행되고 있었다.

Good. Great. Excellent. Fantastic. Perfact. You Win.

어마어마한 극찬 뒤에 스테이지를 클리어하면 어마어마한 보상이 주어졌다. 골드, 루비, 소울, 정수, 스킬 카드, 에메랄드, 사파이어, 현실에서는 만져볼 일도 없을 귀한 보석들이 쏟아졌다. 그리고 게임은 자동으로 같은 스테이지가 시작됐다.

게임 속 캐릭터의 이름도 로로다. 게임 속 로로는 타이탄 행성의 저주받은 마녀를 쓰러트리고 어마어마한 보상을 받는다. 결의에 찬 얼굴로 검을 휘두른다. You Win. 그리고 다시 타이탄 행성의 저주받은 마녀를 쓰러트리기 위해 던전에 들어선다. 자동사냥 덕분에 로로가 게임을 끄지 않는 이상 계속해서 타이탄의 저주받은 마녀는 죽임을 당해야만 한다.

로로는 그저 멍하니 피가 낭자한 격투의 현장이 펼쳐지는 휴대폰 화면을 바라보고 있었다. 데미지를 나타내는 숫자들이 빠르게 떠올랐다 사라지고 검을 휘두른 자리는 빛으로 번쩍였다. 빛 사이로 글자들이 떠올랐다. Good. Great. Excellent.

Fantastic. 날카로운 비명과 함께 손에서 불을 뿜는 저주받은 마녀가 등장했다. 저주받은 마녀는 1분 47.4초 만에 성기사인 로로의 검에 의해 처참히 부서진다. 저주받은 마녀를 쓰러트리고 얻은 어마어마한 보상과 함께 글자가 떠오른다. You Win.

저주받은 마녀는 오늘 하루만 해도 272번 넘게 죽임을 당했다. 저주를 받은 건 마녀일까 마녀를 끊임없이 죽이고 있는 기사일까. 게임 계정의 주인인 로로는 그런 생각을 했다.

소화되지 않은 라면과 소화되지 않은 말과 소화되지 않은 생각이 뒤엉켜 뒤죽박죽 엉망으로 로로는 몸과 마음이 몹시 불편했다. 로로는 무거워진 몸을 가누지 못하고 침대에 누웠다. 그 와중에도 로로의 휴대폰은 자동사냥으로 저주받은 마녀를 죽이며 보상을 쌓고 있었다. 로로는 아무것도 하지 않는 게 아니었다. Great! Great! Great! Good. Excellent. Fantastic. Perfact.

아무리 대단한 칭찬을 들어도 로로의 기분은 조금도 나아지지 않았다.

'왜 다시 소설 따위를 쓰겠다고 지껄였을까.' 로로는 머리를 감싸 쥐고 혼자 중얼거렸다. 눈을 질끈 감고 왜 다시 소설 따위를 쓰겠다고 지껄였는지를 생각하다 보니 자연스럽게 눈이 감겨왔다. 로로는 평범한 직장인이라면 어림도 없을 한낮에 잠으로 빠져들었다.

●

　공인된 문학 공모전에서 수상을 한 사람만을 작가로 칭할 수 있다. 법적으로 정해져 있는 건 아니었지만 한국 사회에서는 공공연하게 정해진 규칙이었다. 로로는 등단과 미등단을 구분하는 문학계의 행태와 거기에 따라가는 사람들의 사고방식이 편협하고 비합리적이라는 생각을 하긴 했지만 탈락한 다음에 그런 생각을 하는 건 패배자의 푸념 그 이상은 될 수 없었다. 로로는 자신이 시스템 안에서 자격을 갖추고서도 같은 생각을 하고 있다면 그때 말이든 글이든 행동으로 옮기겠다고 결심했다.

　떨어질 때마다 결심했다. 떨어질 때마다 결심했다. 떨어질 때마다 결심했고 떨어질 때마다 결심을 한 것이 몇 년째인지 셀 수도 없을 만큼의 시간이 흐르고서는 뭘 결심한 건지 안중에도 없어졌다. 로로는 그냥 소설을 썼다. 로로는 계속해서 소설만 썼다. 자료조사를 한다며 답사를 가고 인터뷰도 하고 자료를 모으고 서적을 뒤졌다. 그렇게 청춘의 시간과 공을 들여 소설을 쓰고 공모전에 내고 떨어졌다.

　한 공모전에 대략 평균적으로 300에서 500편 많게는 1000여 편의 작품이 응모된다. 그 중에서 1등을 하면 된다. 간단하고도 어려운 일이었다. 운이 좋아 심사위원의 눈에 들어 최종 논의까지 간 적도 있었지만 로로의 작품은 장애가 있는 사람처럼 어느 한구석이 아팠다.

　신인의 패기는 돋보였지만 수양이 다소 부족함을 느꼈다.

너무 안전한 선택만을 한 탓에 기성의 문학이 보여준 틀에서 벗어나지 못했다.

익숙한 직업을 가진 인물이라 이야기의 전개가 다소 통속적이라는 것을 지울 수 없었다.

활달한 상상력과 은근한 해학성에도 불구하고 다소 가벼움이 느껴졌다.

선명한 철학적 주제 의식은 좋았지만 이를 받쳐주는 문장의 탄력성이 떨어졌다.

줄거리가 흥미롭지만 단조로운 구성과 설명적인 서술방식이 단점으로 지적된다.

문장의 기교에 치중한 나머지 플롯을 엮어가는 소설적 논리가 부족했다.

주제를 형상화 하는 사유의 치열성이 기대에 미치지 못한다.

오랜 글쓰기의 내공을 보여주지만 참신성이 부족하다.

지극히 현실적인 주제를 끌어온 나머지 소설의 매력을 보여주지 못했다.

현실성을 더 살려야 작품으로서의 가치를 인정받을 것이다.

공모전 심사평에서 언급된 로로의 작품들은 모두 어느 한구석이 심하게 아픈 아이들이었다. 로로의 소설은 각각 하나씩 가진 상처 때문에 작품이 되지 못했다. 물론 심사평에도 오르지 못한 작품들은 훨씬 더 많았다. 언급조차 되지 못한다는 것이 뭘 뜻하는 것인지 로로는 생각하고 싶지 않았다. 그럼에도 계속 소설을 썼다. 공모전은 대한민국의 신문사들이라면거의 해마다 개최를 했고 한 해 수십 개의 공모전 중에 언젠가 꼭 한 곳에서는 1등을 할 것 같았기 때문이었다. 물론 근거는 없는 느낌이었다.

다른 예술과는 달리 소설을 쓰는 데에는 큰돈이 들지 않는다. 물감이며 캔버스를 사야 하는 미술이나 고가의 악기가 필요한 음악을 비롯해서 몸으로 하는 예술인 춤과 노래도 연습실과 같은 공간이 필요했다. 예술 행위의 대부분 많은 돈의 재료값이 들어가지만 소설은 종이와 펜이면 그 준비가 충분했다. 종이와 펜이 없다면 낡은 컴퓨터 한 대만 있어도 그만이었다. 워드 프로그램은 사양이 낮은 컴퓨터라도 무난히 실행되기 때문이었다. 로로는 그 점이 소설 쓰기의 장점이라며 주변의 지인들에게 자주 떠벌렸다. 결과적으로 그 장점이 자신의 발목을 잡게 될 줄은 모르고 한 소리였다. 수중의 돈이 일찍 떨어졌다면 조금 더 빨리 돈을 구하러 나갔을 테니까. 로로가 절벽 끝에 내몰렸을 때는 이미 너무 많은 나이를 먹은 상태였다.

15살 첫 소설을 쓴 로로는 대학마저도 문예창작학과로 진학

해 소설 쓰기를 이어나갔다. 군 복무를 하던 2년을 빼고는 매해 꾸준히 소설을 썼다.

잔뜩 움츠려 봄을 기다리는 개구리처럼 로로는 골방에 틀어박혀 소설을 썼다. 작품이 완성되는 날이면 지인들에게 작품을 보여주고 사람들을 만나 문학에 대해 이야기 하며 술과 고기를 먹고 즐겼다.

로로는 세상을 관조하며 얻은 이야기로 고상하게 소설을 썼다. 나쁘지 않은 삶이었다. 창작의 고통과 기쁨 사이에서 즐거움이 더 컸다. 그러는 사이 부모가 늙고 친구들은 취직을 넘어 결혼을 하고 아이를 낳고 만나기 어려워졌다. 함께 문학을 하던 친구들도 더는 글을 쓰지도 심지어 읽지도 않았다. 소설을 다 써도 보여주고 이야기를 나눌 사람이 점점 사라져갔다. 그리고 늙은 부모는 아픈 곳이 생기기 시작했다. 로로는 서서히 온도가 올라가는 물속에 갇힌 개구리 같았다. 주변의 상황을 알아차렸을 때는 손쓰기 어려운 지경이었다.

돈은 로로가 생각하던 것보다 훨씬 더 중요한 것이었다. 꿈에 비하면 하찮은 것이 아니었다. 때로는 그 자체로 꿈이 되기도 했고 꿈보다 더 귀해지기도 했다. 세상은 언제나 당신의 꿈을 응원한다고 말하지만, 현실을 알아차렸을 때는 그것도 몰랐냐며 나무라기만 했다. 그리고 그 책임은 온전히 본인의 몫이었다.

로로네 집은 작은 식당을 운영했다. 낮에는 백반과 저녁에는 삼겹살을 파는 식당이었다. 로로가 밥은 굶지 않고 살았던 가장 큰 이유였다. 로로는 바쁜 점심시간이 되면 식당으로 나와 일손을 돕고 한가한 시간에는 소설을 쓰러 방으로 들어갔다. 로로는 집에서 밥값만 하고 살았다.

식당은 로로에게 있어 마지막 안전장치였다. 로로는 어깨너머 배운 것도 있고 음식 솜씨도 좋았다. 설령 작가가 되지 못하더라도 사장님은 될 수 있을 것이라며 자신의 처지에 대해 안도했다. 바로 그 점이 소설에 대한 절실함을 저해하는 요소이기도 했다. 하지만 그 점은 어찌할 수 없는 일이었다. 그 모든 것이 한 덩어리로 된 로로의 삶이었다. 극복도 수용도 로로의 소관이었다.

크게 흥한 식당은 아니었지만 주변 회사와 공장의 직원들이 소소하게 찾아와 장사를 이어가고 있었다. 로로도 로로의 부모도 그것이 계속 이어질 줄로만 알았다. 30년 넘게 자리 잡고 있던 공장이 인건비가 싼 베트남으로 이전할 것이라는 걸 로로의 가족 그 누구도 예측하지 못했다. 심지어 그곳에서 일하던 직원들조차 몰랐던 사실 이었다. 인터넷 기사에는 눈물을 흘리며 변명하는 사장의 인터뷰가 있었다. 인건비와 가격 경쟁력에 관한 이야기였다. 많은 사람이 그 기사에 댓글을 달았다.

- 최저시급 하나 못 맞춰 주는 회사면 진작 문 닫았어야지. 울기는 왜 울어? 쇼하고 있네.

비난 일색의 댓글 중에 로로는 자신의 마음과 가장 닮은 댓글

밑에 추천을 눌렀다. 숫자가 8631에서 8638로 올라갔다.

식당에는 바쁜 점심시간이 없어졌다. 고로 로로는 필요 없는 인력이 되었다. 소설 쓸 시간이 많아졌지만 불안감에 집중이 되지 않았다. 공장이 사라져 바쁜 점심시간이 없어지고 불경기 탓에 저녁 회식 문화도 없어졌다. 인기 메뉴인 삼겹살도 잘 팔리지 않았다.

부모의 한숨이 늘어만 갔다. 한숨은 손님이 없어 가만히 있을 수밖에 없는 숙희 이모를 비롯한 다른 직원들의 등을 떠밀었다. 숙희 이모는 15년 넘게 함께 일한 사람이었다. 식당이 어려워져도 먼저 해고하지 못할 착한 심성의 부모를 생각해 먼저 관둔다는 말을 이모가 먼저 꺼내 주었다.

"언니, 퇴직금은 우리 아들한테 계산하라고 말해 놓을게. 나는 골치 아파서 잘 모르겠어."

씁쓸하지만 웃으며 헤어진 엄마의 앞으로 숙희 이모 아들이 보낸 공문이 날아왔다.

3개월 평균 임금 230만 원의 2013년 법 개정 이전의 퇴직금 산정 금액이 920, 이후 산정 금액이 1610, 합계 2530만 원이었다. 세무사 아들 자랑을 자주 하던 숙희 이모였다. 평소 꼼꼼하게 일 처리를 잘하던 숙희 이모를 닮아 계산 또한 철저했다.

이모로 불렀지만 혈육이 아니었기 때문에 유예기간을 많이 받을 수는 없었다. 부모는 어려운 와중에 대출을 받았다.

 식당의 손님이 줄었다. 손님이 줄어들어 소모되지 못한 식재료가 싱싱함을 잃었다. 싱싱하지 못한 식재료 때문에 음식의 맛 또한 잃어버렸다. 손님이 더 줄어들었다. 악순환의 연속이었다.

 설상가상으로 구청이 주도하는 먹자골목이 대로변 건너에 생기면서 로로의 식당이 있던 골목은 상권이 완전히 죽어버렸다.

 일련의 시련은 로로의 부모가 살아오면서 가장 힘없고 약한 때에 일어났다.

 결국 매달 적자 기록을 경신하던 로로네 식당은 폐업을 결정할 수밖에 없었다. 로로는 추억이 많았던 식당의 마지막 모습이 이렇게 썰렁할 줄 몰랐다.

 '소설 쓰는 게 잘 안되면 식당이라도 물려받지.'

 로로는 안일한 생각으로 현실을 회피하며 되뇌던 말을 더는 할 수 없게 되었다. 현실이 무너져 내리니 써내려 가던 소설의 전개도 함께 무너져 내렸다. 로로는 소설의 다음 진행이 떠오르지 않았다.

 식당이 문을 닫았어도 평생을 부지런히 살아왔던 로로의 부모는 마냥 주저앉아있지 않았다. 아버지는 경비 일을 알아보러 나갔고 어머니는 대로변 골목의 먹자골목에 출근을 시작했다.

"나도 월급 받으니까 세상 속 편하네."

로로의 부모는 고된 얼굴을 숨기지는 못했지만 적자의 굴레에서 벗어난 탓에 웃는 얼굴에는 걱정이 없어 보였다.

야간 경비 일을 마치고 해가 떠서 들어온 아버지와 밤을 새우고 이제 막 잠이 쏟아지려는 로로가 현관에서 마주쳤다.

"야. 밤새는 게 이렇게 힘들다. 너는 이걸 어떻게 매일 하냐?"

진짜 일을 하다가 들어 온 아버지의 말에 소설 쓰는 척을 하던 로로는 대응 할 말을 잃었다.

"토스트 드실래요?"

위생과 청결을 중요시하던 로로의 아버지는 밖에서 더러워진 몸을 씻으러 욕실로 들어갔다. 로로는 일하고 들어온 아버지를 위해 식빵에 계란을 입혀 프렌치토스트를 만들었다.

"로로야."

샤워를 마치고 나온 아버지는 토스트를 만드는 로로의 뒷모습을 바라보며 아들의 이름을 나지막이 불렀다. 낮게 깔린 목소리에 로로는 으레 잔소리가 시작될 것 같아 긴장이 됐다. 잔뜩 움츠린 어깨로 토스트가 담긴 그릇을 식탁 위에 올렸다.

"너는 기왕 시작했으니까 끝까지 해 봐라. 원래 이야기는 끝이 중요한 거다."

아버지는 로로의 등을 힘을 주어 다독였다. 그리고 음식을 앞에 두고 늘 그랬던 것처럼 성호를 긋고 식사 전 기도를 읊었다.

'주님 은혜로이 내려주신 이 음식과……'

로로는 아버지의 짧은 기도가 끝나기도 전에 몸을 돌려 방으로 들어갔다. 눈물을 쏟아내는 자신의 얼굴이 아버지의 식욕을 떨어뜨리지는 않을까 해서였다.

아버지가 두드린 등은 로로 인생에서 가장 아픈 체벌이었다. 그날 로로는 난생처음으로 구직사이트에 회원가입을 했다.

●

로로는 시민생활사 박물관에 전시된 낡은 타자기 옆에 섰다. 과거 어느 때에 불멸의 작품을 썼을지도 모를 타자기는 이제 자판에 손을 올리는 것조차 금지된 귀한 몸이 되어 있었다. 로로가 서 있는 공간의 모든 물건이 그러했다. 한때 사람 손을 탔었을 낡고 오래된 물건들은 본래의 기능이 어떠하든지 간에 자리를 차지하고 있는 것으로 역할을 다했다. 라디오, 텔레비전,

화로를 비롯한 가까운 과거에 필수적으로 쓰이던 생필품을 전시하는 기획전이었다. 로로는 그 공간에 서서 그것들이 무사하도록 지키는 일을 했다. 하지만, 관람객이 별로 없었기 때문에 로로는 별로 할 일이 없었다. 로로는 오래된 물건들과 함께 가만히 있었다. 그것으로 난생처음 돈이란 것을 벌었다.

로로가 어렵게 구한 공공근로 일자리였다. 흔한 편의점 점원 자리조차 경쟁이 심했다. 대학을 졸업 후 36살이 되도록 소설만 썼다고 주장하는 경력도 없는 남성을 뽑아줄 회사는 없었다. 공공기관에 세금을 써서 만들어낸 일자리가 아니고서는 직장을 구하기 어려웠다.

이 일자리를 구하기 위해 로로는 자신이 지나온 과거를 철저하게 부정해야 했다.

'열심히 소설을 써왔지만 이제 더 넓은 세상을 경험하기 위해 사회의 문을 두드립니다.'

'소설 속 이야기를 만들기보다는 현실과 부딪히며 나의 이야기를 만들 것입니다.'

'소설을 쓰기 위해 길러왔던 장점을 사회와 조직에 보탬이 되도록 하겠습니다.'

예수를 부정했던 베드로처럼 짧은 자기소개서에서 몇 번이나 자신이 지나온 과거를 부정했다. 그 비장함이 먹힌 건지 불쌍하게 보였던 것인지 인사담당자의 마음을 알 수 없었지만 처음으로 듣게 된 합격 소식에 로로는 로또 3등에 당첨된 사람처럼 기뻤다. 지난 삶을 부정한 덕분에 로로에게 전시관 한구석에 서 있을 자격이 주어졌다. 기간은 단 6개월이었다.

 로로가 집을 나서서 회사에 도착하기까지 80분의 시간이 걸렸다. 평일을 이렇게 꾸준하고 부지런히 움직인 것은 고등학교 졸업 이후 처음 있는 일이었다.

 버스와 지하철에 빼곡히 들어찬 사람들의 표정을 보며 자신의 얼굴을 생각했다. 사람의 머리가 어디론가 실려 가는 테니스공처럼 각자의 하차지점에 내려 이리저리 굴러다니는 상상을 했다. 그리고 생활사 박물관의 기획전시관에 자신의 머리가 통통 튀어 다니는 상상을 했다. 소설로 써 보면 재미있을 이미지라 생각했다.

 출근 후 청소, 정리, 비품 체크 등을 마치고 커피를 한잔 들이키면 얼마 지나지 않아 점심시간이었다. 구내식당이 따로 없었기 때문에 박물관 주변의 식당을 순회하듯 돌았다. 사원증을 목에 걸고 점심시간 식당으로 가는 직장인 무리에 섞여 있으면 로로도 거대한 사회 조직의 일원이 된 듯 여태껏 느껴보지 못했던 감정에 휩싸였다. 박물관 사원이라는 소속감은 자신을 박물관처럼 큰사람으로 느끼게 만들었다.

 점심 메뉴를 고른다. 고른다는 그 자체가 선택적 의지를 가진 사람처럼 느껴졌다. 방안에 앉아 소설을 쓰면서 선택권 없이 집안에 남은 음식을 먹던 시절과는 다른 삶이었다. 회식이란 것도 경험했다. 회식은 자기 돈을 쓰지 않고 식당에서 밥을 먹는 것이었다. 가격 따위는 신경 쓰지 않아도 되는 날이었다. 더러 싫어하는 사람도 있었지만 로로는 그러한 경험이 모두 신기했다. 사람들과 함께 먹고 마시고 즐겼다.

월급을 탄 날은 족발 가게에 들러 뜨거운 족발 대자를 포장해서 집으로 갔다. 평소에 가격이 부담되어 먹지 못했던 음식이었다. 뜨거운 족발에서 나는 향이 집으로 올라가는 승강기 안을 가득 채웠다. 아들이 돈을 벌어 사온 족발이었다. 저녁 식탁은 화목했다.

통장에 돈이 쌓였다. 많지 않은 돈이었지만 미소가 지어졌다. 이런 걸 행복이라고 부르면 되는 걸까? 로로는 스스로 자문했지만 대답할 수 없었다.

족발로 배를 가득 채우고 무거워진 몸을 침대에 누이면 오늘과 같은 하루가 내일도 계속된다는 것이 괜찮게 느껴지기도 했다. 앞으로도 엄청난 행복이 있을 것 같지는 않았지만 그래도 괜찮을 것 같기도 했다. 이 삶이 계속 이어진다면 어쩌면 연애도 결혼도 할 수 있을 것 같았다.

'이제 현실에서 제가 주인공이 되어 저만의 이야기를 만들어 나가고 싶습니다.'

공염불 같던 자기소개서의 문장이 현실이 될 수도 있다는 생각을 하니 새삼 신기했다. 소설을 썼던 지난 시간이 한 문장으로 꿈이 되어 버렸다. 로로는 소설을 쓰던 시절이 꿈같기도 했다.

●

로로는 낮잠에서 깨어나 제일 먼저 핸드폰을 봤다. 여전히 로로의 성기사는 저주받은 마녀를 죽이고 있었다. 시간을 확인하고서 다시 눈을 감았다. 원래라면 퇴근을 앞둔 시간이었다. 출퇴근 하던 시절에는 느껴보지 못했던 불쾌감에 자주 휩싸였다. 로로의 문제는 이 느낌을 어떻게 없애버리는지 방법을 알 수가 없다는 것이었다. 로로는 배를 긁으며 다시 몸을 움츠렸다.

시민생활사 박물관에 근무하면서 로로는 오래된 물건들에 상상의 사연을 붙이며 동기들이 모두 지루해하던 근무시간을 재미있게 보냈다. 그런 일들에 재미를 붙인다는 사실 자체가 남들과는 달랐다. 로로의 머릿속엔 온통 이야기들뿐이었다.

축음기, 낡은 타자기, 다이얼을 돌리는 전화기, 열쇠로 잠글 수 있는 아날로그 텔레비전, 커다란 배터리가 달린 라디오, 항상 가장 먼저 출근하신다는 경비 팀장, 인사를 받아주지 않는 뚱한 표정의 뉴딜 일자리 김 팀장, 점심시간이 되면 유독 친해지는 계약직 동기들, 심드렁한 표정의 무기계약직 문화해설사 김현호 씨, 뭐든지 열심인 7급 공무원 주효명 주임, 계약직이지만 연봉이 높아서 부러웠던 김아란 학예사, 어깨에 잔뜩 힘이 들어간 자신감 넘치는 박물관 관장...

 온 세상 물건과 사람들에게 이야기들이 묻어 있었다. 로로의 눈을 통해 들어온 이미지들은 로로의 머릿속으로 들어와 주연과 조연을 다퉜다.

 개성을 가진 인물들이 사연을 만들며 로로의 머릿속에서 끊임없이 이야기를 만들었다. 가공의 인물들은 자신들을 백지 위로 내보내 달라며 아우성이었다. 로로는 떠오르는 영감들을 무시했다. 그런 짓은 해봤자 돈이 안 된다는 게 가장 큰 이유였다. 이미 로로는 노동의 대가가 주는 달콤함을 경험했다. 더불어 근무를 마치고 나면 한 명분의 일을 했다는 안도감에 아무것도 하고 싶지 않았다. 그것조차 처음 겪어보는 느낌이었다. 처음 느껴보는 감정과 경험이 많았다. 로로는 언젠가 소설에 쓰일 수도 있겠다는 생각을 하다가 고개를 가로저었다.

 계약직 근무의 마지막 날. 로로는 평소와 똑같은 시간에 출근을 했다. 퇴근할 때 쯤 담당 공무원 주효명 씨를 찾아가 마지막 인사를 나눴다. 후임도 없었다. 기획 전시는 끝이 났고 인수인계 할 일이 없기 때문에 그걸로 그냥 끝이었다.

 박물관의 모든 사람은 여전히 그 자리에 남아 자신만의 이야기를 만들겠지만 로로의 소설은 7급 공무원 주효명 씨에게 건네는 마지막 인사와 함께 끝이 났다.

 '열심히 소설을 써왔지만 이제 더 넓은 세상을 경험하기 위해

사회의 문을 두드립니다.'

'소설 속 이야기를 만들기보다는 현실과 부딪히며 나의 이야기를 만들 것입니다.'

'소설을 쓰기 위해 길러왔던 장점을 사회와 조직에 보탬이 되도록 하겠습니다.'

 로로는 다시 취업공고에 이력서를 뿌리며 지나온 날의 자신을 다시 부정해야했다. 처음과 다른 게 있다면 6개월의 근무 경력에 대한 인정이었다. 하지만 6개월은 경력으로 인정하기엔 짧은 시간이었고 6개월만큼의 나이가 들었기에 큰 변화를 기대하기 어려웠다. 로로는 여전히 인사담당관에게 매력 없는 구직자였다.

 당연히 쉽게 직장이 구해지지 않았다. 로로는 계약직 동료들이 알려준 실업급여를 신청하기 위해 집에서 가까운 고용센터를 찾아갔다. 그곳에서 알게 된 두 가지는 깜짝 놀랄 만큼 많은 사람들이 직장을 잃었다는 것과 실업급여를 구직급여로 고쳐 부른다는 것이었다.

 고용센터에는 남녀 구분 없이 다양한 연령대의 사람들이 가득 차 있었다. 대기표를 받고 기다리며 로로는 씁쓸한 안도감을 느꼈다.

 고용보험 덕분에 구직활동 중이라는 증거를 제출하기만 하면 로로가 받던 임금에 준하는 돈이 통장으로 들어왔다. 일하지 않아도 돈이 들어왔다. 로로는 차비와 식비를 써가며 구직으로 최저임금을 받아가며 일할 필요가 있을까 하는 생각이 들었다.

그 생각의 틈으로 목소리가 들렸다.

"이건 아마 마지막 기회가 아닐까?"

로로의 머릿속에 갇혀 있던 사람들이 조심스럽게 존재를 알리다가 격렬하게 문을 두드리기 시작했다.

"자그마치 육 개월을 기다렸다고. 그동안 보고 느낀 게 많았잖아."

"4개월이나 공짜로 월급이 나오는데 일하러 갈 거야? 아니 구할 수 있는 일은 있고?"

"그래. 지금 코로나로 전 세계가 난리인데. 이런 상황에서 사람 가득 찬 대중교통을 타고 매일 출퇴근 할 수 있겠어?"

"이건 신이 주신 기회야. 어려운 시기에 더 멋진 작품이 나올 거야."

"솔직히 이미 네 인생은 망했어. 네 나이를 생각해 봐. 최저임금을 받는 공공일자리로 몇 개월 더 일한다고 해서 결혼이 가능해? 연애도 힘들어."

"이번엔 잘 될 거야. 그간의 경험이 잘 녹아들어 있는 멋진 소설이 나올 거야."

사람은 가끔 무언가에 홀린 듯 누가 봐도 틀린 선택을 할 때가 있다. 로로는 나름대로 냉정하게 자신의 상황을 파악하려 해보지만 이미 마음의 무게가 기울어진 상태에서는 소용이 없었다. 주변에 일어나는 모든 상황을 편집증적으로 자신에게 유리하게만 해석했다. 심지어 중국에서 시작되어 전 세계를 괴롭히고 있는 바이러스조차도 자신이 사회적 거리 두기를 실천하며 집 안에서 소설을 쓰기 위해 창궐한 것처럼 끼워 맞출 정도였다. 하물며 다른 사안이라야 로로가 소설을 써야 한다는 명분을 쌓아줄 뿐이었다.

"돈도 모아뒀잖아. 구직급여도 4개월간은 나올 거야. 4개월이면 장편도 쓸 수 있는 시간이라고. 그걸 써서 1억짜리 공모전에 내면 지금 뒤처진 시간 3년은 더 빠르게 따라잡는 거야. 이번에는 느낌이 좋아. 기왕이면 영상화가 가능한 소설을 써보자. 혹시 영화로 제작이라도 되면 거기에 또 개런티를 받을 수도 있잖아. 제대로 해 보자. 이미 세상은 망했어. 다들 죽지 못해 산다잖아. 너만 망한 게 아니야. 이건 오히려 마지막 기회라니까."

로로는 그리 어렵지 않게 자신에게 설득 당했다. 성공 이후의 삶을 상상하는 일이 너무 달콤했다. 로로는 이제껏 그래왔듯이 자신을 홀렸던 아편에 또 손을 댔다. 로로는 마치 점심값을 들고 복권방으로 들어가는 실업자와 다를 게 없었다. 복권방에 들어가는 실업자의 표정에 보이는 묘한 기대감까지 똑 닮아있었다. 해가 지고 배고픔이 찾아왔을 때 표정까지 닮아 있을지를 확인하는 일은 그리 긴 시간이 걸리지 않을 터였다.

●

로로는 꿈도 없는 잠에서 깨어났다. 몸이 몹시 무겁다고 느꼈다. 사방이 캄캄했고 지금이 몇 시인지 도무지 감을 잡을 수 없었다. 잠깐 선잠을 잔다던 계획이 틀어졌음은 분명했다. 계획이 틀어진 건 살면서 이번이 처음은 아니었지만 틀어질 때마다 짜증이 났다. 실업급여의 마지막 달까지 로로의 계획대로 이뤄진 건 단 하나도 없었다. 그러니까 로로는 4개월 내내 짜증이 나 있는 상태였다.

소설을 쓰겠다며 집안에 들어앉아 있는 며칠은 행복했다. 회사에 가지 않고 여유를 부리는 그 자체가 좋았다. 출퇴근 시간에 맞춰졌던 리듬도 곧 엉망이 되었다. 밤낮도 없었고 삼시 세 끼도 없었다. 밀려있던 책과 영화를 보며 여유를 부렸다. 곧 영감이 찾아와 소설을 쓸 것 같았다.

소설 쓰기 전에 백지 위로 내보내 달라며 아우성이던 인물들도 잠잠했다. 로로는 억지로 컴퓨터 앞에 앉아 워드 프로그램을 켰지만 쓸데없이 뉴스 기사를 확인하면서 보내는 일이 전부였다.

뉴스는 끝없이 쏟아졌다. 세상은 혼돈 그 자체였다. 코로나 바이러스가 전국을 넘어 세계를 괴롭히고 있었다. 그것과 별개로 시위와 폭동이 일어나고 좌우로 나뉘어 싸우고 남녀가 나뉘어 싸우고 세대가 나뉘어 싸웠다. 모두 서로를 죽일 듯이 증오하고 있었다.

로로는 박물관 안에서 평화롭게 근무하며 만났던 사람들과의 시간을 떠올려봤다. 사회와 온라인으로 전해지는 소식은 그 괴리감이 너무 컸다. 정작 사회에서는 김치녀도 맘충도 토착왜구도 만나지 못했다. 만나지 못했다고 해서 없는 건 아니겠지만 그것이 일상을 잡아먹을 정도는 아니었다.

인터넷을 더 쳐다보다간 미쳐버릴 것 같아 꺼버리고 워드 프로그램의 백지 위로 돌아오면 아무것도 적어내지 못했다. 지옥 같은 현실이 매일매일 쏟아지는데 삶에서 발견한 소소한 깨달음과 보잘것없지만 진리라 믿는 것들에 대한 이야기를 써 내려갈 수가 없었다. 세상이 망할지도 모르는데, 별것 아닌 주인공을 가지고 뼈대와 골격을 만들고 소설이라는 형태를 갖추는 그 행위 자체가 하찮게 느껴졌다. 로로는 컴퓨터 앞에 앉아 다리만 떨다가 허기를 느끼는 일이 일상이 되어버렸다.

실업급여가 나오는 기간은 4개월뿐이었다. 로로는 초조함을 느끼면서도 도무지 한 글자도 적어내지 못했다. 힘들게 적어낸 내용은 지워버리기 일쑤였다. 그것이 귀한 시간을 짜내 만든 문장이라고 용납할 수가 없었다.

머릿속의 캐릭터들은 나오지도 않으면서 시끄럽게 떠들기만 했다.

"실업급여가 끝나면 어쩔 거야?"

"일하면서 글 쓰는 게 좋지 않을까?"

"대단한 작품을 쓰는 건 좋아. 그거 누가 읽어 줄 거야?"

"어차피 네가 아니라도 이야기는 쏟아져. 사람들은 한가롭지 않아."

"재능이 없는 거야. 인정하면 쉬운데 왜?"

"그래서 다 쓰면 얼마를 받을 수 있어? 그게 편의점 근무보다 가치 있는 일이야?"

"밥벌이도 못 할 거면 업이라고 할 수 없지."

"이건 일이 아냐. 최저임금도 안 되는 일을 일이라고 할 수 있겠어?"

"소설이 직업이고 여기가 직장이라면 너는 정말 악덕 업주야. 넌 최저시급 줄 능력도 없잖아."

로로는 결국엔 무얼 해도 즐겁지 않은 상태가 되어버렸다. 영화를 봐도 음악을 들어도 소설을 쓰려고 앉아도 뉴스를 봐도 단 한 순간도 즐겁지 않았다. 벗어나고 싶었지만 방법을 몰랐다.

 정리되지 않은 말들이 무덤을 이루고 있었다. 그것은 산처럼 높았다. 말 무덤 맨 위에는 정말 괜찮은 소설을 쓰고 싶다. 라는 문장이 표제처럼 걸려있었다.

 로로는 정말 괜찮은 소설을 쓰고 싶었다. 많은 사람의 공감을 얻고 사람의 마음을 움직이고 시대가 지나도 시절을 대표하고 어떤 언어로 바꿔 불러도 변하지 않을 진실을 쓰고 싶었다. 그래서 결국엔 로로가 죽어서 백골도 흔적을 찾을 수 없어져도 로로의 소설은 남아서 읽혀질 그런 작품을 쓰고 싶었다.

 로로의 머릿속엔 말들이 넘쳐났고 백지는 무한하게 넓었다. 그냥 어린 시절 그 때처럼 신나게 뱉어내고 싶었다. 하지만 이미 나이가 들어 있었고 즐기기만 하기엔 눈치가 보였다. 또한 토하듯 뱉어낸다고 해서 작품이 될 수 없었다. 로로는 아는 게 많아졌다. 그런 것과는 별개로 생각을 머금고 있는 것은 그 자체로 로로를 조금씩 좀먹었다. 하고 싶은 말은 많지만 말할 수 없었다. 로로는 금보다 귀한 시간을 들여 자신의 무능을 확인하고 자책하며 자신을 원망했다. 그러면서도 놓지 못했다. 아무런 할 말도 없으면서 무슨 말이든 하고 싶었다. 그리고 로로는 어딘가에 있을지도 모르는 어떤 존재에게 간절함을 담아 물었다.

'왜 하필이면 나 같은 바보가 이따위 일에 홀렸을까요?'

대답을 바란 질문이 아니기에 로로는 침묵을 바라보기만 했다.

날씨가 더워졌다. 캄캄한 밤이었지만 전혀 시원하지 않았다. 집안에 가만히 있어도 몸이 끈적였다. 처음 집안에 들어앉아 소설을 쓰겠다고 생각했던 그때를 생각하면 계절의 변화가 확연했다. 그때와 같은 것이 있다면 사람들은 여전히 마스크를 쓰고 다닌다는 것과 로로가 컴퓨터 앞에 앉아있다는 것이었다. 지독한 바이러스가 언제 끝이 날지 평범해빠진 로로는 예측할 수 없었다. 언제까지 글을 쓸지 그 또한 로로는 예측할 수 없었다. 다만 그냥 앉아있을 뿐이었다.

로로는 자판에 손을 얹고 백지 위에 글을 쓰기 시작했다.

지옥은 어쩌면 눈앞의 백지처럼 희고 넓을지 모른다. 로로는 부단히 발버둥 쳐도 끝없이 펼쳐진 백지 위에 먹물자국 하나 남길 수 없었다.

| 작가의 말 |

안녕하세요?

흔하디흔한 일상의 인사를 세상에 꺼내기까지
참 오랜 시간이 걸렸습니다.
왜 그랬는지 모르겠지만 나는 세상에 인사를 건넬 때
자격이 필요하다고 생각했거든요.
내가 아니더라도 이미 세상에는 너무 많은 인사가 있잖아요.
지금도 나는 내가 인사를 건넬 자격을 갖췄는지 잘 모르겠습니다.
없는 것 같기도 하고요. 그런데요.
나는 더 이상 참지 못하고 이렇게 인사를 건넵니다.
정말 정말 진심으로 궁금했거든요.
내 인사를 받은 당신의 얼굴이요.

잘 지내셨죠?

인사가 이렇게 오래 걸린 이유는
인사 뒤에 무슨 말을 해야 할지 생각해야 했기 때문이에요.
당신이 정말 궁금하고 당신과 대화하고 싶었지만,
나는 인사 말고는 할 말이 없었거든요.

그래서 이렇게 오랜 시간 동안 인사 뒤에 따라붙을 말을
준비했는지 모르겠습니다.
시원한 바람이 부는 가을날 루프탑에서 마시는 커피,
맛있는 안주를 앞에 둔 술자리, 진솔함을 가득 담은 편지,
약간의 땀이 맺히는 산책 중에 나누는 대화,
노래방에서 함께 따라 부르는 유행가,
인사 뒤에 당신과 하고 싶은 것들을 가득 담아서
이 책을 만들었습니다.

잘 지내요. 우리 또 봐요.

책을 덮는 당신의 마음에도 나와 같은 인사가 남았으면 좋겠어요.

봉천동 그녀

초판 1쇄 발행 | 2024년 04월 05일

지은이 | 개로로

출판사 | 아원 (阿原)
출판등록 | 제 513-2022-000017 호

주소 | 대구광역시 중구 국채보상로 140길 23
대표 전화 | 010.2784.0827
이메일 | kimshin1052@gmail.com
홈페이지 | www.realtiart.com

표지 일러스트 | 개로로

ISBN | 979-11-980002-3-1

* 이 책은 저작권법에 따라 보호받는 저작물이므로 무단전재와 무단복제를 금지하며,
이 책의 내용의 전부 또는 일부를 이용하려면 반드시 저작권자의 서면 동의를 받아야 합니다.